ザシュッ
よっ ゆず
りっくん!
彼は
唯一気が許せる男友達
わしゃ
わしゃ
もー
過去のつらい経験のせいで
恋をする勇気が出ない
んな私のためにりっくんは
氏のフリをしてくれている

もしかして
ドキドキしてんの?
ドキドキする
っていうか
…照れるじゃん
もうちょっと俺のだって自覚して
演技だってわかっていても
照れくさくて
くすぐったくて
ドキ
ドキ
……っ

ぎゅっ
なんでそうやって
すぐ我慢すんだよ
泣きたいなら
泣けば?
いいから甘えてろよ
君の優しさのおかげで
前に進める気がした

ごめんね まだ勇気が出ないんだ
だけどきっと 私はもう——

野いちご文庫

俺がずっと、そばにいる。

青山そらら

スターツ出版株式会社

contents

characters

Yuzuki Himekawa

姫川《ひめかわ》柚月《ゆずき》

明るく素直な性格の高校２年生。食べることが大好き。過去の辛い出来事が原因で恋愛に臆病になっていたが、ある日突然梨月と恋人のフリをすることに…。

Ritsuki Sakurai

桜井《さくらい》梨月《りつき》

クールでイケメンな柚月の男友達。スポーツ万能で勉強もできるため女子にすごくモテる。たまにイジワルだが、面倒見が良くて優しい。実は柚月のことが好き…？

Ryosuke Fujii

藤《ふじ》井《い》涼介《りょうすけ》

柚月が中学時代に付き合っていた相手。優しく温厚な性格。陸上部で足がすごく速い。

Ami Tokita

時《とき》田《た》亜《あ》美《み》

柚月のとなりクラスの美少女優等生。梨月とバイト先で一緒になったことをきっかけに急接近…？

Kotoko Ishii

石《いし》井《い》琴《こと》子《こ》

大人っぽくて美人な柚月の親友。一見ドライだが、友達思いで優しい。他校に彼氏がいる。

「俺が彼氏のフリ、してやろっか?」

親友だと思っていた仲のいい男友達と
ある日から突然、付き合うことになった。
だけどそれは、お互《たが》いに異性《いせい》を寄せ付けないための恋人のフリで。
本当の恋人じゃない。仮《かり》の恋人契約《けいやく》。

演技《えんぎ》だってわかってるのに、照《て》れくさくて。
友達のはずなのに、ドキドキして。
時々勘《かん》違いしてしまいそうになるの。
この優しさは、本物なんじゃないかって。

辛《つら》い過去を引きずって
恋をすることに臆病《おくびょう》になっていた私だけど、
君がいつもそばにいて、支《ささ》えてくれた。
君の優しさのおかげで、前に進めるような気がした。

いつからか私の中で
君の存在が誰よりも大きくなっていたんだ。

ねぇ。この気持ちの正体は、きっと――。

第一章

＊私が誰とも付き合わない理由

「あのっ、前からずっと可愛《かわい》いなーって思ってました。好きです！　俺と付き合ってください！」

私の目をじっと見つめて言い放ったあと、目の前で深々《ふかぶか》と頭を下げる男の子。

えっと……誰だろう。この人は。

同じ制服だから、うちの学校だよね？　同じ学年？　だとしたら何組だっけ？

高校に入って約一年半。今日もまた、見ず知らずの人に告白された。

これでもう何回目かな？

学校から家までの帰り道。駅のホームで電車を待っている時だった。

「え、えーと……気持ちはうれしいです。でも、私、あなたのことよく知らないし……」

「あ、だったら友達から始めませんか？　俺はそれでも全然かまわないんで！」

「………」

正直、どうしてこんなに告白されるのか、自分でもわからない。

もちろんまったくうれしくないわけじゃないけれど、ほとんどが、話したこともないような相手なのに。

周りからは『顔が可愛いから』とか『芸能人に似てるから』なんて言われるけれど、それも正直複雑《ふくざつ》な心境だ。

だって、容姿《ようし》だけで人を好きになるなんて、私ならありえないし、少なくとも性格もよくわからない相手と付き合おうとは思わない。

どうせなら、中身も含めて好きになってほしいなと思うし……。

だから、たとえどんなにカッコいい人に告白されたとしても、絶対にＯＫはしない。

好きでもない人となんとなく付き合ったりしたくないし、そんなの相手にも失礼だと思うから。

それに実は、私が誰とも付き合わないのには、ほかにも理由がある。

「……ごめんなさい。私、今は誰とも付き合う気はないので」

「えっ？」

「とにかくごめんなさいっ！」

自分も深々と頭を下げて、丁重《ていちょう》に断《ことわ》りを入れる。

「……………」

少しの間《あいだ》、沈黙《ちんもく》が流れる。

そっと頭を上げて、彼のことを見つめた。

そうしたらその男の子は少し残念そうな表情をしたかと思うと、「はぁ」と深くため息をついて。

「……そっか。わかった」

小さな声でうなずき、駅のホームをトボトボと歩いて去っていった。

その後ろ姿を見送りながら、心の中でもう一度ごめんなさいを言う。

知らない相手とはいえ、告白を断るというのは、なかなか心が痛む。

気持ちを踏《ふ》みにじるような、悪いことしちゃったなって気分になるし……。

その後に関わることがあっても気まずいし、自分的にもすごく後味《あとあじ》が悪かった。


私の名前は姫川柚月《ひめかわゆずき》。現在高校二年生。

背中まで伸ばした栗色のストレートヘアに、母親譲《ゆず》りのパッチリ二重《ふたえ》と大きな黒目、そのうえ色白だからか、友達からよく『女の子らしくていいな』なんて言われたり、なにかと見た目をほめられることが多い。

身長は一五八センチとごく平均的で、体型はわりと細身《ほそみ》なほう。

女子にしてはかなりよく食べるんだけどね。

それに、わりと大ざっぱな性格で、あまりしおらしいタイプでもないから、仲良くなった子には『見た目は女の子っぽいけど、ギャップがあるよね』なんて言われちゃうこともしばしば。

顔立ちは最近流行《はや》りの若手女優、〝春瀬《はるせ》ひまり〟に似ているらしく、そのせいで街を歩いている時に知らない人から声をかけられたりもする。

もちろん、春瀬ひまりちゃんは親戚《しんせき》でもなんでもないんだけど……。

『芸能人に似ててうらやましい』とか、『モテていいよね』なんて言う人もいるけど、自分的には、この見た目でそんなに得したことはないんだ。

最近では悩みのほうが多いくらいだし。

「はぁ……」

教室の端《はし》っこで窓の外を眺《なが》めながらひとりため息をついていたら、後ろからポンと肩を叩《たた》かれた。

「また、振ったんだって？」

振り返るとそこに立っていたのは、同じクラスの友達、桜井梨月《さくらいりつき》。

私は〝りっくん〟って呼んでる。

唯一《ゆいいつ》、気が許せる男友達で、とても仲がいいの。

高校一年生の時に同じクラスになって、それ以来ずっと仲が良くて、今では毎日のように一緒につるんでる。

一見クールだけど、根はすごく優しいんだ。

「わぁ、りっくん。なんでそれ知ってるの？」

「だって、さっそく噂《うわさ》になってたぜ。また姫川が男を振ったらしいって」

「えぇ～っ！」

「相変わらずモテモテだな。おつかれ」

なんて、りっくんはからかうように笑いながら言うけど、こっちは笑いごとじゃないよ。

「それ、りっくんに言われたくないよ。自分だって女の子を振りまくってるくせに……」

それに実は、彼もまたすごくモテる。

身長一七八センチのすらっとした細身の体型、綺麗《きれい》に整った顔立ち。

髪は染めていないけど茶色っぽくてサラサラで、今どきな雰囲気《ふんいき》だけどチャラくはない。

テストではいつも上位五十番以内に入ってるから頭もいいし、中学ではバスケ部のエースだったらしいから、スポーツだって得意。

そんなイケメンの彼を女子たちが放っておくわけがなくて、一年生のころから数えると、私が知ってるだけでも十人以上には告白されている。

だけど、全部断ってるみたい。

彼女のひとりくらい、今までにいてもおかしくないのに、なぜか誰とも付き合わないんだ。

本人は『俺、めちゃくちゃ理想高いから』なんて言ってるけど、一体どんな子だったら彼のお眼鏡《めがね》にかなうのか、一度見てみたい気もしてる。

「いや、ゆずには負けるよ」

「ウソ、りっくんのほうが絶対隠《かく》れファンがいっぱいいるから！」

「隠れファンってなんだよ。つーか、そんなこと競《きそ》い合ってどうすんの」

「競い合ってないよ！　というか、りっくんが先にからかってきたんじゃん……って、ちょっとなにすんの～！」

話の途中《とちゅう》でりっくんは意味もなく私の頭に手を乗せて、髪をわしゃわしゃとかき乱《みだ》し始めた。

言い合いになったり話がめんどくさい方向に行くと、いつも彼は必ずこうやって私の髪の毛で遊ぶの。

「いいじゃん。どうせ形状記憶《けいじょうきおく》みたいにすぐ戻るし」

「なっ……」

りっくんいわく、私の髪はクセのないどストレートだから、まるで形状記憶なんだって。

いくらぐちゃぐちゃにしても絡《から》まらなくて、すぐ元に戻るから。

「だからって、かき乱して遊んでいいわけじゃないんだけど！」

私が怒ってみせると、りっくんはイタズラっぽくクスクス笑う。

笑った顔はちょっと可愛い。

普段《ふだん》、女子の前ではクールであんまり話さない彼だけど、なぜか私のことは、やたらといじってくる。

理由は『リアクションが面白《おもしろ》いから』なんだって。

そんなこと言うの、りっくんくらいなんだけどね。

でも、彼と一緒にいるとすごく楽しいなって思う。気をつかわないし、なにかと波《は》長《ちょう》が合うし。

女友達とはまた違う良さがあるっていうか。

こんなふうに男の子でここまで仲良くなれたのは、たぶんりっくんが初めてなんだ。

ちなみに彼は、ほかの女子のことはみんな苗字《みょうじ》で呼ぶのに、私のことはなぜか〝ゆず〟って呼ぶ。

そのせいで女子たちから『どういう関係？　付き合ってるの？』みたいに聞かれたりもするんだけど……べつに私たちの間には、友情以外にはなにもないと思う。

私はりっくんのことをとくに恋愛対象として意識しているわけじゃないし、彼だってそれは同じだろうし。

だからこんなふうに、ふざけ合って楽しくやれるんだと思う。

世間《せけん》では『男女の友情は成立しない』なんて言うけれど、私は立派《りっぱ》に成立すると思ってるんだ。


「いただきまーす！」

お昼休み、学食でメガ盛《も》りランチをおいしそうに食べていたら、親友の石井琴子《いしいことこ》が感心したように声をあげた。

「相変わらず、すごい食べっぷりだね～、柚月」

「だって、お腹《なか》すいたんだもん。お昼はガッツリエネルギーチャージしないと午後からもたないよ」

「いや、お昼に限らずいつもガッツリだけどね」

彼女は発言はドライなところがあるけど、りっくんと一緒で優しくて面倒見《めんどうみ》がいい。

顔は大人っぽくて美人だし、背も高くて、頼《たよ》れるお姉さんみたいな感じ。

りっくんとだけじゃなくて、琴子とも一年生の時からずっとクラスが一緒なんだ。

「それにさぁ、そのジュースなに？　初めて見たんだけど。すっごいまずそう……」

琴子はテーブルの上に置かれた私の飲みかけのパックジュースに目をやると、腐《くさ》ったものでも見るような顔をして眉《まゆ》をひそめる。

「そんなことないよ、おいしいよ！　新商品なんだって。だから試《ため》してみたくて」

「いや、だからってそんな『豆乳青汁《とうにゅうあおじる》ゆず風味《ふうみ》』なんて試そうと思うかな。青汁とゆずって合うの？」

「ふふふ。それが合うんだって～」

「柚月だけに、ゆず味好きだよね」

たしかに、琴子の言うとおり、私は柚子《ゆず》の味が好きだ。

〝ゆず味〟とか〝ゆず風味〟って書いてあると、ついつい手に取っちゃう。

自分の名前に『ゆず』がついてるからっていうのもあるけど、単純に香りがよくておいしいからね。

「うん、大好き！　でもりっくんは梨月だけど、梨《なし》嫌いだよ」

そこでふと名前繋《つな》がりで思い出してりっくんの話をしたら、いきなり後ろから頭をコツンと叩かれた。

「痛っ！」

「……なに、俺の話？」

見上げると、まさに今話題に上っていた張本人。噂をすれば……。

「りっくん！」

ビックリした。いつもこうやってタイミング良くあらわれるんだから。

りっくんは、彼の親友の大宮玲二《おおみやれいじ》くんと一緒にいる。

玲二くんも私たちと同じクラスなんだけど、りっくんとはまた対照的なタイプで、明るく染めた茶髪《ちゃぱつ》、耳にはいくつかのピアス、腕にもじゃらじゃらブレスレットを付けていたりとかなり派手《はで》な見た目で、結構チャラい。

性格はすごくいい人だし面白いんだけど、女の子大好きであちこちで遊んでるから、りっくんはいつも呆れてる。

「いや、今ね、私が柚月だけに柚子が好きって話になって。だけどりっくんは梨月だけど、梨嫌いだよって言ったの」

「またその話かよ」

すると、横から玲二くんがひょっこりと顔を出して、楽しそうに笑いながらりっくんの肩をバンバン叩いた。

「そうそう！　果物《くだもの》コンビなのになー、お前ら！　梨月、ゆずちゃんのこと〝ゆず〟って呼んでるんだから、お前もこの際、あだ名は〝ナッシー〟でいいじゃん、もう」

「うるせぇ玲二」

「あははっ！　でた、ナッシー」

　このナッシーってあだ名は、以前、私もりっくんに提案《ていあん》したことがあるんだけど、秒で却下《きゃっか》された。

　りっくんのこの顔で、あだ名がナッシーだったら笑っちゃうけどね。

「つーかお前、なにそのまずそうなジュース」

　するとそこで、りっくんもまた豆乳青汁について突っ込んできた。

　琴子にもまずそうって言われたけど、そんなにまずそうに見えるのかな？

「あ、これ？　さっきそこの自販機《じはんき》で買ったんだよ。新商品なの」

「……マジか。やっぱりお前のセンスわかんねぇよ」

「うわっ、またバカにして！　味はおいしいんだよ！　なんならりっくんもひと口飲んでみれば？」

「わかった。じゃあひと口ちょーだい」

　私が提案すると、りっくんはなんの迷いもなくその豆乳青汁のパックを手に取る。

　そしてストローに口をつけ、ゴクゴク飲み始めた。

「どう？」

「……あれ、意外とうまい」

「ほら～、だから言ったじゃん！」

私がエヘンと得意げな顔でりっくんを小突《こづ》くと、ちょっぴり悔《くや》しそうな顔をする彼。

「なになに、マジで？ じゃあゆずちゃん俺にもひと口分けて～！」

そしたら今度はその横から玲二くんが手を伸ばし、自分もちょうだいと言ってきて。

だけど、なぜかりっくんがそれを拒否《きょひ》した。

「お前はダメ」

「え～っ！ なんでだよっ」

「ダメなもんはダメ。っつーか、そろそろ行くぞ。英語の予習で俺のノートを写《うつ》させて欲しいんじゃなかったのかよ」

英語の予習という言葉を聞いたとたん、ハッとする玲二くん。

「うおぉっ！ 欲しいです‼ 神様、仏《ほとけ》様、梨月様！」

「ったく、調子《ちょうし》いいな。たまには自分でやってこいよ」

「はいはい。すんませ～ん！」

そして、コントのようなやり取りをしながら、ふたりはその場から去っていった。

なんか笑っちゃう。

また玲二くん、りっくんにノート写させてもらってるんだ。相変わらずだなぁ。

「あはは、ばいばーい」

手を振ってその姿を見送る。

すると、今の一部始終《いちぶしじゅう》を横で黙《だま》って見ていた琴子がひと言。

「……ほんと、仲いいよね～」

「え？　あぁ、そうだよねぇ。あのふたりはタイプが違うけど、ああ見えて実はすっごく仲いいんだよ」

「そうじゃなくて。柚月と梨月くんが、だよ」

「えっ？」

私とりっくんのこと？

「今だって普通に間接《かんせつ》キスしてたしさぁ」

「……か、間接キス⁉」

って、それまさか、さっきのジュースのこと⁉

いやたしかに、言われてみれば間接キスかもしれないけど……。あんなのとくに深い意味はないよ。

「いつも見てて思うけど、なんかもう、付き合っちゃえばいいのに～」

琴子は楽しそうにニヤニヤしながら言う。

だけど私はそうやって冷やかされるのが、不思議《ふしぎ》でならない。

だって、私とりっくんが？　仲がいいのは本当だけど、そんなふうに見えるかな？

「いやいや、りっくんとはそういうのじゃないよ。普通に友達だし」

「向こうはそうは思ってないかもよ？」

「えぇっ、まさか～」

「それに付き合うなら、しゃべったこともないのに告ってくる男たちよりも、よっぽど梨月くんのほうがいいと思うけどなー。イケメンだし」

「あはは……」

いやたしかに、りっくんはいい男だと思うよ。私も。

実際《じっさい》めちゃくちゃモテてるみたいだし。

でも、だからって好きかって聞かれたら、そういう〝好き〟じゃないと思う。それに……。

「うん、まぁそうかもしれないけど、今はまだ、彼氏はいいかな」

私がそう答えたら、琴子は少し顔を曇《くも》らせた。

「そっか……。やっぱりまだ、引きずってるの？　昔のこと」

「……っ」

思わぬことを聞かれて、ドクンと心臓《しんぞう》が飛び跳《は》ねる。

「あっ、ごめん。つい……」

琴子はすぐにハッとした顔で自分の口を押さえる。

だけど、べつに彼女はいけないことを口にしたとか、そういうわけじゃない。

私がいまだに動揺《どうよう》してしまうだけ。

実は私、中学時代にあった辛い出来事《できごと》が原因で、恋愛をすることに対してどうしても前向きになれないんだ。

今はまだ、誰かと付き合ったりする気になれなくて……。

だから、たとえ告白されても全部断ってしまうし、それ以来、自分から誰かを好きになったこともない。

「ううん、大丈夫《だいじょうぶ》だよっ。ただ、気持ち的にやっぱりなんかまだ……ね」

私があえて軽い口調《くちょう》で答えてみせると、琴子は申しわけなさそうに謝《あやま》ってくる。

「うん、そっか。そうだよね。ごめんね、辛いこと思い出させちゃって」

「いいよいいよ。いつかは乗り越えなきゃいけないことだしさ」

本当にそろそろ自分でも、前を向かなくちゃとは思ってるんだけどね。

「柚月も早く、新しい恋ができるといいね」

琴子がしみじみとした顔で言う。

私はそれに、笑顔で深くうなずいた。

帰りのＳＨＲを終えたあとのざわざわとした教室。

一部の教科書類を机の中に残して、残りをカバンに詰める。

「それじゃ、柚月またねっ！」

琴子が手を振りながら慌《あわ》てた様子《ようす》で教室を出ていく。

「うん、バイバイ」

笑顔で手を振り返すと、自分も続いて教室をあとにした。

私は部活はとくに入っていないから、放課後《ほうかご》はひとりで帰ったり、りっくんと帰ったり、たまに琴子と一緒に帰ったりしてる。

だけど、琴子は基本、他校の彼氏と毎日待ち合わせしてるから、なかなか一緒に帰れないんだ。

ひとりで帰るのはべつに嫌いじゃないけど、ナンパされたり突然知らないおじさんに声をかけられることがあるから、そういう時は対応に困ったりする。

だから、男友達のりっくんが一緒に帰ってくれると、実にありがたい。

一緒に並んでいると、彼氏がいると思われるらしく、誰も声をかけてこないから。

りっくんは玲二くんがバイトがない日は彼と一緒に帰ってるけど、それ以外は私と帰ったりしてる。

私たち、帰る方向もたまたま一緒なんだ。

廊下《ろうか》を通って下駄箱《げたばこ》へ。

すると、どこからか噂をする男の子たちの声が聞こえてきた。

「あ、姫川柚月だ。やっぱ可愛いよな〜」

「マジ、春瀬ひまりに似てるよな。なんであれで彼氏いないの？」

「付き合いて〜。あんな彼女いたら自慢《じまん》だよな」

こんなふうに言われて、最初はちょっとうれしかったりもしたけど、今では複雑な心境だ。

なんだか自分がほめられているのか、春瀬ひまりをほめているのかよくわからないし、男子に気に入られることが原因で、女子に陰口《かげぐち》を叩かれたり、怖《こわ》い女の先輩に呼び出されたこともあるし……。

なによりも平和が一番だよなぁ、なんて今は思ったりしてる。

「姫川さーん、ばいば〜い！」

ひとりの男子がこっちを向いて叫んでいる。

中にはこうやって、知り合いでもないのに手を振ってくれる人だっている。

なんとなく手を振り返すのも馴《な》れ馴れしい気がしたので、ぺこりと笑顔で会釈《えしゃく》をして、その場を通り過ぎた。

「あ、ゆず。来た」

下駄箱に着くと、ちょうどそこで待っていてくれたかのように、りっくんがスマホをいじりながら壁にもたれかかって立っていた。

「あれ？　りっくん。まだ帰ってなかったんだ」

「いや、お前のこと待ってたんだよ」

「えっ！　そうだったの？　ごめん。ありがとう」

「玲二、今日バイトだからさ、ゆずと帰ろうと思って」

そっか。わざわざ私が来るのを待っててくれたんだ……。優しいな。

ひとりでもべつにいいかなと思ってたけど、りっくんが一緒だと心強い。

そんなことをつらつらと思いながら、下駄箱にある自分の靴《くつ》を取り出す。

すると、となりで同じく靴を取り出していた彼の手もとから、なにかがパサッと下に落ちた。

ん？　それは……封筒《ふうとう》？

ってことは、まさか。

「あれ、なんか落ちたよ？」

私がそう言うと、ハッとした顔で慌ててその封筒を拾《ひろ》うりっくん。

そして、無造作《むぞうさ》にカバンの中に突っ込んだ。

でも隠せてない。

「えへへ、ごめんね。見ーちゃった」

私がニヤニヤしながら彼の腕をポンと叩くと、りっくんは困ったように顔をしかめる。

「……っ、見んなよ。べつにただの手紙だろ」

とか言ってるけど、明らかにこれはラブレターだと思う。

今までにも似たようなことはあったし。

べつに、隠さなくてもいいのになぁ。

「モテる男は大変だねー」

「うるせぇ。人のこと言えんのかよ」

「ふふ、ちゃんと返事してあげなよ」

「わかってるよ」

りっくんはダルそうにそう答えると、スタスタと早足《はやあし》で歩きだす。

私はそのあとを小走《こばし》りで追いかけて、となりに並んだ。

「さ、寒い……」

外に出ると、すごく空気がひんやりとしていた。

十一月に入ったばかりだけど、そろそろコートを着たほうがいいのかな?

一応冬用のインナーも着てるんだけど、カッターシャツの上にカーディガンとブレザーだけじゃ、もう帰りのこの時間は寒いかもしれない。

それに今朝は急いでたから、マフラーしてくるの忘れちゃったし。

りっくんの横を歩きながら、手をこすり合わせ何度も息を吹きかける。

するとそんな様子を見ていたりっくんが、呆れたような顔で言った。

「そんなに寒いか？」

「寒いよ。だって私、冷《ひ》え症《しょう》だし」

「ぷっ。おばさんかよ」

クスクスと笑われて、ムッとする私。

そりゃりっくんは寒くないでしょうよ。私と違ってマフラーしてるし。

「ひっど〜！　おばさんってなに？」

「冷え症とかババくせぇこと言うから」

「いやいや、若い人でも言うよっ！」

またすぐに人のことをバカにして〜！

私がますますむくれてみせると、そこで彼はなにを思ったのか急に立ち止まり、自分のマフラーを外《はず》す。

そして、それを両手で持ちながら、私の首にかけてくれた。

「……えっ？」

ポカンとして彼を見上げる。

「仕方《しかた》ねぇな。貸してやるよ」

ウソっ……。

「い、いいの？」

「うん。俺あんま寒くないし」

「うわぁ、ありがとう～！」

なんだ。やっぱり優しいじゃん。

口ではイジワルなこと言うけど、本当はすごく思いやりのある彼。

こうやっていつもさりげなく助けてくれたり、気を利《き》かせてくれる。

「ふふっ。りっくんは、優しいね」

マフラーを首に巻《ま》きなおして、笑顔で再び彼を見上げる。

そしたらりっくんは照れくさそうに横を向きながら、ボソッと呟《つぶや》いた。

「……なに言ってんの？　お前にしかしないよ。こーいうこと」

「へっ？」

思いがけないセリフに、少しだけドキッとしてしまう。

お前にしかしないって、なに？　私だけ……？

それってなんか……すごく特別みたいに聞こえるんだけど。

気のせいかな。

実は、りっくんにはたまに、こんなふうにドキッとさせられる時があるんだ。

本人は無意識なのかもしれないけど。

こっちが思わず照れてしまうような発言をしてきたりする。

でもきっと、友達として特別ってことで、深い意味はないよね。

「うわー、あったかい〜。りっくんの体温付きだね」

「……っ。変な言い方やめろ」

「だってなんかホカホカしてる」

「そうか？」

「りっくんっぽい匂《にお》いがするし」

「匂いを嗅《か》ぐな」

「いたっ！」

ふざけて変なことばかり言ってたら、りっくんにコツンと頭を叩かれてしまった。

「へへ、ごめんごめん」

「バカゆず」

子どもっぽく呟くりっくん。

でもやっぱり楽しい。

ふたりでいる時間はすごく心地いい。

ずっとこんなふうにいられたらいいんだけどな。

時々昔を思い出して悲しい気持ちになったり、過去に戻れたらなんて思ってしまう時もあるけれど、こうして素敵《すてき》な友達に出会えたことを思えば、今は今ですごく幸せなんだと思う。

いつかちゃんと辛い過去を乗り越えられるように、そして、新しい恋もできるように……前を向いていかなくちゃね。

りっくんのとなりを歩きながら、ふとそんなことを思った。

＊彼氏のフリ

それから数日後。

休み時間、私が机の上にファッション雑誌《ざっし》を広げ、まじまじと眺めていたら、どこからかりっくんがあらわれて、話しかけてきた。

「なに読んでんの？」

「ん？　あぁ、これ？　今月号のノンナだよ」

「ふーん。お前ファッション誌なんか読むんだ」

「読むよ」

「食《く》いしん坊《ぼう》なゆずのことだから、グルメ雑誌かと思ったわ」

「ちょっ……！」

なにそれ、レディーに対して失礼な。

いや、たしかに私は食べるの大好きだし、大食《おおぐ》いだけどね？

だからってグルメ雑誌までわざわざ買って学校で読まないよ。

「また人のことバカにして〜！　私だって一応ねぇ、女の子なんです！　可愛い洋服着たいし、メイクだって覚えたいのっ」

「へー、そうなんだ。誰のために？」

そう言いながら勝手に雑誌のページをペラペラめくるりっくん。

「だ、誰のためって……自分のためだよ」

すると、たまたまめくり終えた最後のページに、デカデカと春瀬ひまりの写真が載った口紅の広告が出てきた。

「あ、春瀬ひまり」

思わずふたりの声がそろう。

なんだろう。べつに意識してるわけじゃないんだけど、周りのみんなが私のことを春瀬ひまりに似てる似てるって言うから、いつからか彼女の姿を写真やテレビで見るたび反応《はんのう》してしまうようになった。

そして、そのたびに思うんだ。

そんなに似てるかなぁ……って。

りっくんは雑誌に写る彼女と私を見比べるようにしてじっと見る。

「……似てねぇだろ」

彼いわく、私と春瀬ひまりはそんなに似ていないらしい。

「はは、だよね。でも、本物はやっぱり可愛いね」

私もそう思うよ。だって、どう見たって春瀬ひまり本人のほうが百万倍くらい可愛いし、私なんて雰囲気とか顔のパーツが似てるとかのレベルで、彼女の足もとにも及《およ》ばないと思うもん。

「そうか？　俺、春瀬ひまりは全然タイプじゃない」

ちなみにりっくんはタイプではないそうで……。

ってことはたぶん、私のこともタイプじゃないよね。

「あぁ、だってりっくんは超理想高いんだもんね？　春瀬ひまりじゃ物足《ものた》りない？」

なんて、私がイタズラっぽく聞いたら、彼はケロッとした顔でうなずいた。

「まぁな」

「うわ、言うね～」

さすが、モテるイケメンは言うことが違うなぁ。

たしかにりっくんならいくらでも相手を選《えら》べそうだもんね。

「あ、そういえばこの前のラブレター、返事したの？」

ふとそこで先日の手紙のことを思い出して聞いてみた。

すると彼は『なんでそれ聞いてくるんだよ』とでも言いたげな顔で。

「あぁ、まぁな」

「ウソ、ついにＯＫした？」

「……気になる？」

「え、うんっ！　気になる！」

両手をパチンと合わせ、祈《いの》るようなポーズでりっくんの顔をじっと見つめる私。

それにしても今回は、やけにもったいぶってるなぁ。

ってことは、まさか……。

なんて思ってたら、彼は数秒間《ま》をおいて、それからフッと息を吐き出すようにして笑った。

「バーカ。断ったに決まってんだろ。ＯＫなんかしねぇよ」

「あらら、なんだぁ……」

ビックリした。ついに彼女できたのかと思ったよ。

「……もし、ＯＫしてたらどうすんの？」

「えっ？」

すると急に真面目《まじめ》な顔になるりっくん。

「俺に彼女できたら、ゆずはどう思う？」

その質問に、一瞬わけもなくドキッとした。

もしも本当にりっくんに彼女ができたら……どうなんだろう。

「え、そ、それは……応援してあげなきゃね？」

「は？」

「だって、親友の幸せを願うのは当たり前じゃん？」

言いながら、どことなくなにかが引っかかるような気がしたけれど、思ったことをそのまま告《つ》げたら、りっくんは急に私の頭の上にビシッと手を乗せてきた。

そしてわしゃわしゃと私の髪を乱暴《らんぼう》にかき乱す。

「キャーッ！　ちょっと、なに⁉」

「ムカつく」

えっ……？

思わぬことを言われて一瞬固まる。

今、ムカつくって言われた？　なんで？

確認するようにりっくんの顔を見上げると、なぜかすごく不機嫌《ふきげん》そうだ。

今、私なにか、怒らせるようなこと言ったっけ？

「え、りっくん……？」

だけど、私が呼びかけてもそれ以上彼はなにも言わず、はぁっと一度呆れたようにため息をつくと、そのままスタスタ自分の席へと戻っていった。

ポカンとした顔でそれを見送る私。

……なんだったんだろう、今の。よくわからないよ。

りっくんが行ってしまったので、私は再び雑誌に視線《しせん》を戻したけれど、なんだかとてもモヤモヤした気持ちになってしまった。

四時間目は体育館で体育の授業だった。

種目《しゅもく》は男女ともにバスケなんだけど、何チームかに分かれて試合をするので、自分たちの出番以外はとてもヒマだ。

私と琴子はいつもどおり、体育館のすみっこで試合を見学しながらおしゃべりしていた。

「そういえば、最近佐伯《さえき》くんとはどう？　うまくいってる？」

私が何気《なにげ》なく彼氏のことを問いかけると、少し考え込んだような顔をする琴子。

「……うーん、うまくいってるとは思うけど、ね。でもやっぱりまだちょっと不安があるかな。向こうは元カノと同じ学校で同じクラスだしさ」

そう。琴子は近くの私立高校に通う彼氏の佐伯準《じゅん》くんと付き合って三カ月なんだけど、告白したのは琴子のほうからで。

今のバイト先で初めて出会った時、佐伯くんは付き合っていた彼女に振られたばかりだったらしい。

その後、元カノのことを引きずる佐伯くんにがんばってアタックして、見事《みごと》に交際《こうさい》までこぎつけたんだけど、佐伯くんと元カノは同じクラス。

だから当然、今でもふたりは多少関わりがあるわけで、琴子はそれが不安みたいなんだ。

「そっか。たしかに不安だよね。でも、もう連絡とったりしてる素振《そぶ》りはないんでしょ?」

「それはないけど……この前、彼の部屋で偶然《ぐうぜん》元カノの写真見つけちゃってさ。結構ショックだった。なにも言わなかったけど」

「えぇっ、ウソ!」

「友達とみんなで写ってる写真だったんだけどね。仲良かったんだなぁって思ったらやっぱり、妬《や》いちゃうっていうか」

「うわぁ……。それは、そうかもね」

琴子の話を聞いていて思う。

やっぱりみんな、付き合っていてもいろいろあるんだなぁって。

表向《おもてむ》き幸せそうでも、みんないろんな悩みはあるんだ。

「彼のことを信じるしかないってことはわかってるんだけどね。それでもやっぱりまだ、準が私のことをどれくらい好きかわかんないから……」

「大丈夫だよっ。これから一緒に過ごす時間が増えれば、だんだん安心できるようになるって」

「そうかな」

「うん。それに、琴子はめちゃくちゃ魅力《みりょく》あるし、いい子なんだから、大丈夫！」

私があまりにも自信たっぷりにそう言うと、琴子は笑った。

「あはは、ありがと柚月」

こんなことしか言えないけれど、少しでも彼女の不安が和《やわ》らいだらいいなって思う。

するとそこで琴子が思い出したように言った。

「あ、そういえば準に聞いたんだけど、最近、柚月、常盤《ときわ》高でも有名らしいよ」

「へっ⁉」

常盤高っていうのは、佐伯くんが通っている高校の名前だ。

うちの学校から歩いて数百メートルほどのところにある。

「春瀬ひまり似の可愛い子が桜坂《さくらざか》高校にいるらしいって話題になってるんだって。私を通じて合コン組んでくれって準がたのまれたらしいけど、断ってもらったから」

「ウソ〜っ……」

聞いた瞬間に思わず顔が歪《ゆが》む。

なにそれ……。なんで他校の人までが私のことを知ってるんだろう。

ちょっと芸能人に似てるっていうだけで、すぐ話題にされてしまうのは勘弁《かんべん》してほしいな。

「あ、ありがとう。合コンは、いいや……」

「だよね。困るでしょ?」

「うん。断ってくれて助かった」

「なんかいろいろ大変だよね、柚月も」

琴子がしみじみとした顔で言う。

「うーん……」

「これって柚月がフリーだからなのかなぁ。彼氏でもできたらさすがに男が寄ってこなくなるかね」

その言葉を聞いて、少し考え込む私。

……そうなのかな。彼氏ができたら今みたいに告白されたり、紹介してとか言ってくる人もいなくなるのかな。

たしかに、フリーだと思われてるから声をかけられるっていうのはあるよね。

でも、だからってそのために誰かと付き合うなんておかしいし、そもそも私まだ、好きな人がいないし……。

「きゃあぁぁっ~!!」

するとその時、すぐそばから女子の大歓声《だいかんせい》が聞こえてきた。

ハッとしてバスケットコートのほうに目をやると、なんだかすごく試合が盛り上がってるみたい。

ヤバい、しゃべってたから全然見てなかったよ……。

「すごい！　梨月くんがスリーポイント決めた！」

「超カッコいい！　惚《ほ》れる～!!」

行われているのはうちのクラスととなりのクラスの男子チームの試合なんだけど、どうやら今、りっくんがスリーポイントシュートを決めたらしく、それで女子たちが大騒ぎしているようだった。

さすがりっくん。運動神経《うんどうしんけい》がいいから、体育の時の彼の目立《めだ》ちっぷりはいつもすごい。

とくにバスケはめちゃくちゃうまいからなぁ。

今のシュートも見損《みそこ》ねちゃったけど、見たかったな。

「相変わらずすごいねー、梨月くん。大人気じゃん」

琴子も感心している。

「うん。バスケしてる時のりっくんは、ほんとにカッコいいもんね」

「あれはモテるでしょ。女子がほっとかないよ。なんで彼女いないんだろうね」

「あはは、ほんとだよね」

そのとおり、あれだけモテてたら女の子選び放題《ほうだい》だし、彼女なんてすぐにできそうなのに、理想の高いりっくんはなぜか、いまだに彼女を作らない。

女の子に興味《きょうみ》がないとかそういうわけでもないらしいけど、はたから見るともったいない気もしちゃうな。

そういえば、朝は機嫌悪かったけど、あれはなんだったんだろう。

もう機嫌なおったのかな？

――ピーッ!!

ちょうどそこで試合終了の合図《あいず》の笛が鳴って、りっくんたちチームの試合は勝ち星をあげて終了した。

終わったとたん、一瞬にして彼の周りにあふれ返る女子たち。

「キャーッ！　梨月くんおつかれ！」

「さっきのシュートカッコ良かった〜！」

毎度のことながら、その様子はハーレムのよう。

それなのに、迷惑《めいわく》そうに顔を歪めて女子たちを雑にあしらうりっくんの姿を見ていたら、なんだか笑えてきた。

ほんと、クールなんだから。うれしいくせに。

「ゆーずちゃんっ」

「わっ！」

その時、急に背後から声がして、ふたつに束《たば》ねた髪をきゅっと誰かに掴《つか》まれた。

普段はおろしている長い髪を、体育の時だけはツインテールにしている私。

アニメのキャラみたいだとか言われるんだけど、このツインテールをいじってくるのは、だいたいいつも……。

「玲二くん？」

呼びながら振り返ったら、当たりだった。

「ピンポーン！　よくわかったね〜」

首にタオルを巻き、女の子みたいに前髪をヘアピンで留めてピースしている彼も、りっくんたちと一緒に試合に出てたから、ちょうど今試合が終わったばかりだ。

「おつかれさま。試合勝ったね！　おめでとう」

笑顔で声をかけたら、玲二くんは私のツインテールの片方を手でいじりながら答えた。

この髪型、なぜか彼は気に入っているみたい。

女の子なら誰に対してもスキンシップが多いところは、さすがチャラ男って感じだ。

「おう。まぁ、ほとんど梨月のおかげだけどなー」

「さすがりっくん。しかもさっきスリーポイント決めたんだってね」

「うん……って、あれ？　見てなかったの？」

「あ、うん。ちょっと琴子と話に夢中《むちゅう》になってて」

「おいおい、あれは見なきゃダメでしょー！」

玲二くんにも言われて、あらためてよそ見していたことを後悔《こうかい》する私。

「あはは、ごめんごめん」

するとふと横から、聞き覚えのある声が……。

「おい玲二」

振り返ると、その低い声の主《ぬし》はりっくんで。だけどなぜかその表情は、またしてもすごく機嫌が悪そうだった。

ムスッとした顔のまま、私の髪をいじる玲二くんの片手をガシッと掴む。

「なにやってんだよ。早く行くぞ」

「なにって、ゆずちゃんと仲良く話してたんじゃーん。お前のほうこそ、ファンの子たちの相手は終わったの？」

「あんなのいちいち相手するかよ。うぜぇ」

「うわ、つめたっ」

なんだか不機嫌そうだからちょっとためらったけど、一応自分からも話しかけてみる。

「りっくんおつかれ！　試合勝ったんだね、おめでとう」

そしたらりっくんは、チラッと私のほうを見たかと思うと、すぐに目をそらして。

「フン。お前しゃべってばっかで見てなかったくせに」

「え……」

ウソ。なぜかバレてる。

たしかにあんまりちゃんと見てなかったけど……。

「じゃあな」

そのまま彼は玲二くんの手を引っ張ると、スタスタとその場から連れ去っていく。

私はその姿を見送りながら、なんだかやっぱり少しモヤモヤした気持ちになった。

りっくんやっぱりなんか、怒ってる？

ずっと機嫌悪いんだけど。なんでかな……。


放課後。帰りの支度《したく》を終えると、すぐさま下駄箱へ向かう。

外は相変わらず寒かったけど、今日は制服の上にキャメル色のダッフルコートを羽《は》織《お》って、赤のチェックのマフラーも巻いて、バッチリ防寒《ぼうかん》スタイルで来たから大丈夫。

手袋《てぶくろ》だけはしてこなかったので、両手をポケットに突っ込んでひとりで帰った。

いつもより早足で駅に向かう。

実は今日は、いつも買っている漫画の新刊の発売日。

自分と同じ高校二年生の女の子が主人公。

片想いをずっとしてたんだけれど、ついに想いを伝えることができて、その告白シーンが前巻のラストだったの。

それからどうなったかな。

早く手に入れて読みたくてたまらない。

そのことばかり考えながら歩いていたら、あっという間に駅に着いてしまって、急いで歩いたせいか体もポカポカ温《あたた》まった。

駅ビルの一階にある本屋へ行き、漫画の新刊コーナーに急ぐ。

少女漫画の棚に行くと、欲しかったそれはたくさん平積《ひらづ》みされていて、見つけた瞬間に私は勢《いきお》いよく手に取った。

「あった！」

うれしくて思わず声が出てしまったくらい。ひとりなのに。

そのまま会計をすませるとすぐ外に出て、急いで帰ろうと、また早足で歩き出した。

よし、帰ったらさっそく読むぞ〜。

――〜♪

するとその時、コートのポケットからスマホの着信音が。

すぐに取り出して画面表示を見てみると、なんと電話の相手はりっくんで、少しビックリした。

あれ、どうしたんだろ？

たしか今日、りっくんは玲二くんと一緒に帰ってるはずだよね。

しかも、あのあともずっと機嫌悪くてあんまり話しかけてこなかったのに。まさか電話をかけてくるなんて。

意外だなと思いながらも、通話ボタンをタップし、スマホを耳に当てる。

「……もしもし？」

『あ、ゆず？』

だけど、電話の向こうの声は思いのほか普通だった。

もう不機嫌ではなさそう。

「りっくん、どうしたの？」

『お前、今どこ？　もう帰った？』

「え、あ、うん。今、駅にいるよ」

『は？　マジで？　早くね？』

「へへへ。だって今日は欲しかった漫画の発売日だからさ、ダッシュで本屋まで来ちゃった。りっくんは、玲二くんと一緒じゃないの？」

『あぁ、玲二の奴、急にバイト出ることになったから先に帰ったよ』

「え、そうなんだ。じゃあひとりなの？」

スマホを片手に会話しながら駅前の道路の端を歩く。

だけど話に夢中になっていたら、あんまり周りをちゃんと見ていなかったらしく、次の瞬間すれ違った誰かにカバンがぶつかってしまった。

「いってぇ！」

「……あっ、ごめんなさい！」

とっさに謝る私。

恐る恐るぶつかった相手の顔を確認すると、その人物は、近くの常盤高の制服を着たヤンキー風の男の子だった。

うわっ、どうしよ……。

しかも、その後ろには派手な仲間がふたりいる。

見た目からしてなんかヤバそうだと思い、念のためもう一度頭を下げた。

「ほ、ほんとにすみませんでしたっ！」

「おいおいおい～」

するとその男は、少しニヤニヤした顔で私に詰め寄ってきて。

『もしもし？　おいゆず、どうした？』

スマホ越しにりっくんが問いかける声が聞こえてきたけれど、これは電話どころじゃないと思い、とっさに通話ボタンを切る。

りっくんには、あとでかけなおそう。

「なにボーッと歩いてんのかな～？　今俺、めーっちゃ痛かったんだけど。どうしてくれんの？」

「す、すみません……」

「しかも君、よく見るとめっちゃ可愛いじゃん～」

するとそこで、横にいた仲間のひとりがハッとした顔で私を指差す。

「あっ、この子、桜坂の……噂になってる春瀬ひまり似の子じゃね？」

「えっ、マジ？　ほんとだ！　似てる～‼」

「ヤバい、超ラッキー。連絡先教えてよ」

「えっ、あの……」

なんだか話が面倒な方向にいってしまった。どうしよう。

しかも、なんでこんな他校の人たちまでが私のこと知ってるの？

琴子が言ってたのって本当だったんだ……。

「ぶつかったお詫《わ》びにさぁ、一回俺とデートしてよ」

ヤンキー風の男がそう言って私の肩をポンと叩いてくる。

「えっ！　そんな……っ」

だけどさすがにそれに応じることはできない。

だって、ぶつかったお詫びがデートだなんて……。それ以前にこんな怖そうな人たちに連絡先教えたくないよ。

「む、無理ですっ！」

ビクビクしながらも必死《ひっし》で拒否してみせる。

そしたらニヤニヤ笑っていたその男は、急に表情を変えた。

「はぁー？　お前さぁ、自分からぶつかっといて拒否権なんかあんのかよ」

パシッと私の腕を掴み、自分のほうへと乱暴に引き寄せ、顔をじっと近づけてくる。

「それとも、デートが無理ってことは、今ここでいいことでもしてくれんのかな～？」

じりじりと詰め寄られ、逃げ場がなくなる。

どうしよう……。

よそ見していた自分が悪いとはいえ、こんな人たちに絡まれるとか最悪だよ。ほんとにツイてない。

男にしっかりと腕を捕《つか》まえられていて、逃げることができない。

周りには仲間のふたりが私を取り囲むようにして、ニヤニヤしながら見ている。

「お、お願いです……。離して……」

震《ふる》える声で懇願《こんがん》するものの、男は離してくれなくて、逆に泣きそうな私を見て楽しんでいるかのようだった。

「えー？　離してほしい？　だったらちゃんとお詫びしてくんねーとなぁ〜。どうすんの？　俺とデートする？　それとも今ここでチューでもさせてくれんの？」

「やだ……っ」

「じゃあどうすんだよ〜」

そのまま男はどんどん顔を近づけてきて、私は体がブルブル震え、思わず目に涙がにじんでくる。

怖い……。怖いよ。誰か助けて。

もうこうなったら観念《かんねん》して連絡先を教えるしかないのかな。そしたら離してくれるかな……。

すっかり弱気になって、そう思った時だった。

「ゆずっ‼」

すぐ後ろから聞こえてきた、私を呼ぶ大きな声。

ハッとして振り返ると、そこには慌てた表情でこちらへ猛《もう》ダッシュしてくる男の子の姿が。

……ウソっ。りっくん⁉

なんというタイミング。まさに救世主《きゅうせいしゅ》でもあらわれたかのよう。

「おいなにしてんだ！　離せよっ！」

駆け寄ったりっくんはすぐに男の腕をガシッと掴むと、強引《ごういん》に私から引き離す。

「はっ？　ちょっ、誰だよお前！」

男は突然の出来事に目を丸くしながらも、すぐさまりっくんをキッとにらみ返した。

するとりっくん、すかさず片手で私の体を抱き寄せて。

「こいつの彼氏だよ‼」

えっ……？　今、なんて言った？

思いがけない発言にドキッとする私。

「はぁ？　マジ？」

「え、彼氏いたの？」

男たちもポカンとした顔でお互いに目を見合わせる。

「人の彼女に気やすく触ってんじゃねぇよ！」

さらに彼らを威嚇《いかく》するかのように、にらみつけながら低い声で怒鳴《どな》るりっくん。

彼の腕の中に閉じ込められたままそれを聞いていた私は、なんだか異様《いよう》にドキドキしてしまった。

どうしよう……。なにこの展開《てんかい》。

りっくんがいつものりっくんじゃないみたい。

私のためにわざと、彼氏のフリしてくれてるの？

なんかちょっと、カッコいいよ……。

ヤンキー風の男は不機嫌そうに顔をしかめる。

「はー？　なんだよヒーロー気取《きど》りかよ」

「うぜぇ、カッコつけやがって」

「なんだこいつ……イケメンだし」

ほかのふたりも口々に文句《もんく》を言う。

だけどそこで一気《いっき》にしらけたのか、それ以上はなにかやり返してくる様子はなかった。

うんざりしたような顔でフゥッとため息をついたかと思うと、道路にペッと唾《つば》を吐く男。

そして、カバンを片手で背負うように持ち直したかと思うと、

「あーもう、彼氏持ちとかめんどくせぇな。行こうぜ」

そう言ってふたりの仲間を引き連れて去っていった。

その様子を見て心底《しんそこ》ホッとする私。

良かった……。いなくなってくれた。

だけど、そのままボーッとしていたら、目の前のりっくんにいきなり軽く頭をチョップされた。

「バカ、お前なにやってんだよ！　いきなり電話切るし！」

「……っ」

言われてハッとして、さっき通話途中で電話を切ってしまったことを思い出す。

あぁ、そうだった。もしかして、だから来てくれたのかな？

「ごめん……。さっき電話しながら歩いてたらうっかりあの人にカバンぶつけちゃって、そしたらしつこく絡まれて……。ビックリして思わず電話切っちゃったの」

私が説明すると、呆れたようにため息をつくりっくん。

「……はぁ。ったく、だからなるべくひとりで帰るなっつってんだろ。ただでさえお前、ナンパとかされやすいのに」

「ご、ごめんね……」

申しわけなさそうに謝ると、りっくんは私の手首をぎゅっと掴む。

「つーか、大丈夫なのかよ。なんもされてねぇよな？」

そして確認するように顔を覗《のぞ》き込んできた。

「うん、大丈夫だよ。りっくんがすぐに来てくれたから」

「なら、いいけど……。とりあえず間に合って良かった」

ホッとしたようにそう告げる彼を見て思う。

りっくんは、電話口での私の様子がおかしいと思って、慌てて駆けつけてくれたんだね。

さっきの電話だって、もしかしたら一緒に帰ろうと思ってかけてきてくれたのかな？

今日学校ではなんか怒らせちゃったみたいで、あんなに不機嫌だったのに。そんなこと忘れたみたいに、私のことを心配してくれてる。

やっぱり、優しいな……。

さっき彼があそこで来てくれなかったらどうなってたんだろうと思うと、感謝してもしきれないよ。まるで漫画のヒーローみたいだったし。

「ありがとう、りっくん。カッコ良かった」

私がはにかみながら礼を言うと、少し照れたようにパッと目をそらすりっくん。

「なっ……なにがだよ」

「へへ、だってまさか、彼氏のフリして助けてくれるなんて思わなかったからさ」

ほんとにさっきはビックリしたよ。『俺の彼女』みたいに言うから。

でも、おかげですごく助かった。

「……っ、ああいう奴らにはあんなふうにでも言わねぇとしつこそうだろ。必死だったからとりあえず彼氏ってことにしといたんだよ」

そっか、りっくんは必死だったんだ。

「そうだよね、ありがと。助かったよ。さすがりっくん、頭いいね」

なんて、私がほめながらりっくんの腕をポンと叩くと、彼はなぜかそこで数秒考え込んだように黙ってしまった。

そして次の瞬間ボソッと、小さな声で呟く。

「……なんなら、これからもしてやってもいいけど」

「えっ？」

そのまま急に立ち止まり、こちらに視線を向けるりっくん。

そして私の目をまっすぐ見つめたかと思うと、

「俺が彼氏のフリ、してやろっか？」

思いがけないセリフに、一瞬思考回路《しこうかいろ》が停止《ていし》した。

「……えぇ〜っ⁉」

ちょ、ちょっと待って……。なになに？

彼氏のフリ？　りっくんが？

どうしたの？　急にそんな……。

冗談かと思いきや、意外にもりっくんの表情は超真剣だ。

「そうすれば、ゆずも告白とかナンパとかされなくなるんじゃねぇの？」

「え……いや、うん。そうかもしれないけど……。でも、そんなのりっくんが迷惑なんじゃ……」

「いや、俺にもちゃんとメリットあるし。女よけになるからちょうどいい」

「ほ、本気で言ってるの……？」

なんだか信じられなくて、確認するように問いかける。

そしたらりっくんは真顔《まがお》でうなずいた。

「うん、本気」

ウソ〜っ！　どうしよう……。

彼氏のフリだなんて、そんなのアリなのかな？

いや、もちろん助かる部分もたくさんあるとは思うけど、そんなにうまくいくかな？

よりによってりっくんがこんなことを言い出すなんて、意外すぎて。

「べつに難しく考えんなよ。あくまで〝フリ〟だから。学校でとか、帰り道とか、なるべく一緒にいて、それでお前が嫌な思いをすることが減るならそれでいいし、俺も女子に囲まれなくて助かるし。試しにどうかなって思っただけだよ」

……そっか。りっくんも助かるんだ。

たしかにいつも女子に言い寄られて、迷惑そうにしてるもんね。

「それともやっぱ、フリでも嫌？　誰かと付き合うの」

そう言われてドキッとした。

「あ……」

りっくんが私にこう問いかけたのには理由がある。

なぜなら彼もまた、私が頑《かたく》なに彼氏をつくらない本当の理由を知ってるから。

過去の辛い経験も全部、りっくんには高校一年生の時に打ち明けてある。

なかなかそこから前に進めないことも、彼は全部知っているんだ。

でも、今話しているのはあくまで〝恋人のフリ〟で、本当に付き合うわけじゃないんだもんね。

「……まぁ、だったら無理にとは言わないけどな」

りっくんは黙り込む私を見て、遠慮《えんりょ》したようにそう告げる。

だけど、それを聞いた私はなぜか、無意識に返事をしていた。

「……や、やる」

「えっ？」

「あっ、やるっていうか、あの……お願いします！　りっくんが迷惑じゃなければ……」

半分直感というか、そんな感じだった。

せっかく彼が私のことを気づかってくれたわけだし、こういうのもアリなのかもしれないって。

相手がりっくんなら、いいと思った。

元からいつも一緒にいるから、付き合ってることにしてもみんな驚《おどろ》かないだろうし、それでりっくんも助かるっていうのなら、お願いしてみようかなって。

恐る恐るりっくんを見上げると、私がOKしたのが意外だったのか、彼は少し驚いたように目を見開いている。

だけど、すぐにクスッと優しく笑った。

「フッ、迷惑なわけねぇだろ。俺がたのんだんだし。じゃあ決まりな」

そして大きな手のひらを私の頭の上にポンと乗せる。

「明日から、学校では俺、ゆずと付き合ってることにするから。お前もそうして」

「う、うん。わかった」

「〝仮の恋人〟ってことで、よろしくな」

……仮の恋人。不思議な響《ひび》き。

りっくんが、私の彼氏……。

心の中ではどこか戸惑《とまど》う気持ちもあったけれど、なぜだかそれを嫌だとはまったく思わなかった。

だってりっくんは、私のために提案してくれたんだもんね。

それがそのまま彼のためにもなるなら、悪くないのかなって。

あくまで〝フリ〟なんだから……。

そんなこんなで、この日から本当に、私とりっくんの恋人契約がスタートしたのです。

＊俺が守ってやる

翌日。さっそく今日から〝付き合う〟ことになった私たちは、朝から待ち合わせて一緒に登校した。

りっくんいわく、まずは付き合ってることをみんなに知らせなくちゃ意味がないだろってことで、今日はそれをアピールするべき日なんだって。

設定《せってい》や決まりごとも、彼が全部決めてくれたんだ。

告白したのはりっくんからで、りっくんが私をずっと好きだったことにする。

おもに学校と帰り道でだけど、基本としては人前《ひとまえ》では恋人のフリをする。

放課後はなるべく毎日一緒に帰る。

告白やナンパ以外でも男子にさそわれたら、『彼氏がヤキモチ妬くから』と言って全部断る。りっくんが女子にさそわれた場合も、同じようにすべて断る。

どちらかに好きな人ができたり、途中で嫌になったら契約をやめてもいい。

玲二くんと琴子にだけはウソはつけないので、本当のことを話す。

……などなど。

りっくんがヤキモチ妬きという設定には正直笑っちゃったけど、彼なりに私が困らないよう一生懸命に考えてくれたみたいで、すごくありがたかった。

校門の前まで来て、ふぅ、とひと呼吸置く私。

なんだか変な感じ。ドキドキするな。みんなはどんな反応するだろう。

なんてことを考えていたら、一歩前を歩いていたりっくんが突然立ち止まり、こちらを振り返った。

「ゆず、手ぇ出して」

「えっ？」

……手を出すの？　なんで？

寒いからとコートのポケットに突っ込んでいた左手を出して、りっくんの前に差し出す。

そしたら彼はなにを思ったのか、自分の右手でそれを掴むと、ぎゅっと握ってきた。

……えっ？

しかもそのまままさりげなく指と指を絡ませて、いつの間にか恋人繋ぎに。

ウソっ……。

「えっ!?　ちょっ、りっくん……!?」

突然手を繋がれたことにビックリして、動揺しまくりな私。

だけどりっくんは、涼《すず》しい顔でサラっと言った。

「いや、だって、このくらいしねぇと付き合ってるって思われねーだろ」

「……そ、そっか」

なるほど。それはそうだね。アピールするんだった。

「なんで？　嫌なの？」

「えっ、ううん。嫌じゃないけど……は、恥ずかしい」

思わずちょっとだけ顔が赤くなってしまう。

なんだろう。照れくさくて、くすぐったい気分というか。

するとりっくんはそんな私を見下ろしながら、ニヤッと笑った。

「なにお前、もしかして俺にドキドキしてんの？」

「……なっ！」

なにそれ！　ドキドキしてる？　まさか。

いやこれは、そういうドキドキじゃないと思うけど。

でも……。

「ドキドキするっていうか、照れるじゃん。やっぱ」

「へー。ゆずでも照れるんだ」

「そ、そりゃそうだよっ。人間だもの」

「……ぶっ。なんだよそれ。お前に照れられると俺も照れるんだけど」

「えっ？　ウソっ」

そうなの？　りっくんも？

「いや、ウソだけど」

……あ、なんだ。

キョトンとする私を見て、りっくんはイタズラっぽく笑うと、そのままぎゅっと手を強く握りしめる。

「まぁいいや。とりあえず行くぞ」

そしてスタスタと歩き始めたので、私も慌ててそれについて歩き出した。

それにしても、男の子と手を繋ぐなんて、すごく久しぶり。中学生以来だなぁ。

りっくんの手がすごくあったかくて、なんだか妙に安心する。

男の子の手ってみんなあったかいのかな？

手のひらからじんわりと彼の体温が伝わってきて、いつも冷たい私の手が、だんだんとあったまっていくのがわかる。

照れくさくて顔が火照《ほて》っているせいもあって、さっきまでの寒さが一気にどこかへ吹き飛んでしまったかのようだった。

「えっ、おい見ろよ。あれ」

「ウソーっ」

りっくんと手を繋ぎながら校舎《こうしゃ》に向かって歩いていたら、さっそくたくさんの人たちの視線にさらされた。

やっぱり目立つのかな？　すごくジロジロ見られてる。

なんだかまた恥ずかしくなってきて、思わず下を向く。

「なんか……すっごい見られてるね」

りっくんにそう告げながら顔を見上げたら、彼は作戦成功と言わんばかりに不敵《ふてき》な笑《え》みを浮かべた。

「ほら。さっそく効果バツグンじゃん？」

近くを歩く女の子の集団が、私たちを見たとたん悲鳴《ひめい》をあげる。

「キャーッ！　なにあれ！　梨月くんが女の子と手を繋いでる！」

「え、相手あの姫川さんじゃん！　付き合ってたの？」

「ウソでしょ、ショックー！」

それを聞いてなんだか申しわけない気持ちになると同時に、このあと、どうなるんだろうと考えたら少し背筋《せすじ》が寒くなった。

りっくんはうちの学年に限らず、ほかの学年の女子たちにも人気がある。

だから、彼に彼女ができたなんてその子たちが知ったら、きっとショックだし、私のことを良くは思わないだろうな。

……本当は付き合ってないんだけどね。手なんか繋いじゃってごめんなさい。

「ねぇ、りっくん。なんか私、一瞬にしてりっくんのファンを敵に回《まわ》したような気がするよ」

ボソッと呟いてみたけれど、りっくんはあまり気にしていない様子。

「そんなのほっとけ。俺だって一緒だよ。お前にだってファンいっぱいいるだろ」

「いや、でも女子はもっと怖いんだって。陰湿《いんしつ》だし、呼び出してくる怖い先輩とかいるし……」

「そういやいたな。前にそんな奴」

「うん。りっくんも知ってるでしょ」

そう、実際過去にも一部の女子から陰口や文句を言われたことはあった。

モテるから調子に乗ってるとか、顔で男を釣《つ》ってるだとか。

だから、女の怖さはよ～くわかってる。

するとりっくんは私のほうを振り返ると、急に真面目な顔で。

「大丈夫。その時はちゃんと、俺が守ってやるよ」

「……えっ？」

ウソ。今なんて言った？

「まぁ一応、俺はゆずの〝彼氏〟だからな」

「……」

思いがけないセリフに目を見開く私。

だって、あのりっくんがサラッとこんなこと言うなんて。

もちろん、いつもいろいろと助けてもらってはいるけど、『守ってやる』なんて、いかにも彼氏らしい言葉が彼の口から出てくるとは思わなかったよ。

真顔でそんなこと言われたらドキッとするんだけど……。

「へへ、そっか。ありがとう。頼もしいよ」

はにかみながら答える。

これも彼氏のフリの一環《いっかん》なんだろうなと内心では思いながらも、なんだかすごくうれしかった。

それにしても、本当に不思議だな。

あのりっくんと自分がこんなことしてるなんて。

しかも彼は意外とこの計画に乗り気みたいだし。

女子に言い寄られるよりは、私とこうしてたほうが楽だってことなのかな……。

りっくんとは、そのままわざと手を繋いで教室まで一緒に行った。

そうしたら案《あん》の定《じょう》クラスのみんなにも大注目《だいちゅうもく》され、「いつの間に付き合ったの⁉」なんて質問攻めされて。

正直とっても恥ずかしかった。

周りの人たちのリアクションが想像以上に大きくて、本当にこんなことして良かったのかな、なんて戸惑う。

ウソをついてるという罪悪感《ざいあくかん》も多少あったし。

でももう、今さらだよね。

対するりっくんは平気そうな顔してるし、みんなの冷やかしにも冷静に対応してるし、さすがって感じ。

とりあえず琴子にだけは本当のことを説明しておかなくちゃと思い、廊下のすみっこに呼び出してこっそり事情を話した。

「え〜っ！　彼氏のフリ⁉　そうだったの⁉　なんだぁ〜、ビックリさせないでよ」

「ご、ごめんね」

「まぁ、じゃなきゃ、あの梨月くんが見せびらかすように教室まで手を繋いでくるなんてしないかー」

「あはは、うん。でしょ」

「でもそれ、いい案だね。面白いじゃん」

「えっ！　そうかな？」

「うん」

琴子はすごく驚いてはいたけど、意外にもこの計画に賛成みたい。良かった。真面目な琴子のことだから、渋《しぶ》い顔するかなとも思ったけど、なんか逆にうれしそうだし。

「ていうか、この際ほんとに付き合っちゃえばいいじゃん！」

ニヤニヤしながら私の肩にポンと手を置く琴子。

また言われた、このセリフ。

「いやいや、それはないよ。そもそもりっくんだってそんな気はないだろうし」

「そうかなー？」

「ほら、りっくんも女よけになるから助かるんだってさ」

私がそう言うと、「ふーん」とうなずきながらもなにか考え込んだような表情になる彼女。

「でも、梨月くんだっていくら助かるからとはいえ、相手が誰でもいいわけじゃないでしょ？」

「えっ？」

「いくらフリでもさぁ、誰とでも手を繋ぐような男じゃないと私は思うけどな。柚月だからこんな提案したんじゃないの？」

その言葉に少しドキッとする。

相手が私だから……？　そうなの？

それじゃまるで、りっくんにとって私が特別みたいに聞こえるよ。

でも実際は、身近《みぢか》な存在でかつ、お互いの利害《りがい》が一致しただけの話だよね？

「いや、まぁそこは、友情の力だって。あはは」

「えー。なにそれ」

琴子は相変わらずりっくんと私が恋愛関係になることを期待してるみたいだけど、私は逆にそういうつもりがないからこそ、りっくんが私にこんな提案をしてきたんだと思ってる。

だって普通、相手のことが好きだったら、私ならそんなこと言えないと思うし、恋人のフリをするくらいなら本当に告白しちゃうけどな。

りっくんはさっきも平気な顔で手を繋いできたし、私よりずっと冷静だと思うもん。

だから、絶対彼にそんな気はないよ。

お昼休みは、みんなにアピールする作戦第二弾ということで、りっくんとふたりで学食で食べることにした。

いつもはりっくんは玲二くんと、私は琴子と食べてるんだけど、今日は特別。

カウンターで料理を受け取ったあと、四人掛けの丸いテーブルにあえてとなり合わせで座る。

今日の注文は、私はカツカレーの大盛り、りっくんは唐揚《からあ》げ定食の大盛り。

カツカレーに乗ったヒレカツはもちろんジューシーでおいしかったけれど、揚げ物大好きな私にとって、りっくんのプレートに乗った山盛りの唐揚げもまた実に魅力的だった。

りっくんが唐揚げにしぼったレモン汁のいい香りが横からただよってきて、食欲《しょくよく》がますますそそられる。

思わずじーっとそちらを見てしまう。

「……わあぁ、唐揚げ定食もいいなぁ」

「え？」

「ねぇりっくん、その唐揚げ、一個だけ分けてもらったりしちゃダメ？」

我慢《がまん》できなくて思わず彼にお願いしてみたら、りっくんは呆れたように眉をひそめながら。

「ダメ」

……ソッコーで断られた。

「えーっ、ケチー」

「お前はどれだけ食うんだよ。太るぞ」

「大丈夫だよ。すぐに全部消化《しょうか》しちゃうから、私」

「……。でもただでさえ揚げ物だらけじゃねぇかよ、そのカレー。ひでぇな、全部茶色だし」

ひどいだなんて言われて、自分のカレーをじっと眺めてみる。

……たしかに。全部茶色。

緑とか赤とか黄色とかではなくて、とてもヘルシーとは言えないこの色合い。女子力のかけらもないセレクト。

「あはは……。まぁね」

「色気《いろけ》ねぇな、ほんと」

「なっ！　たしかにそうかもしれないけど、色気より食い気だよっ」

「自分で言うな」

すかさず突っ込みながらコツンと頭を叩いてくるりっくん。

すると、その時ちょうど近くを通りかかった男子の集団が、大声で噂話をする声が耳に入った。

「おい、ちょっとあれ！　姫川さんってほんとに桜井と付き合ってんの⁉」

「らしいぜ」

「うわ、ショック〜！」

どうやら私たちの話をしているみたいでドキッとする。

すごくジロジロ見られてる感じがするし……。

「初耳《はつみみ》なんだけど。あの子、誰とも付き合う気ないとか言ってなかったか？」

「桜井は特別なんじゃん？　アイツうちの学年でもダントツでモテるしな」

「えーっ。なんだよ結局顔かよ〜」

「そりゃそうだろ。女なんてみんな顔が良ければなんでも許せるんだよ」

うわー、なんか言ってる……。

まぁ、あの人たちにどう思われようがかまわないけれど、ちょっと気分悪いな。

「ケッ、いいよなぁ顔がイイ奴は。桜井なんてどこがいいんだよ。無愛想《ぶあいそう》だし、顔だけのくせによっ」

でも次に聞こえてきたその発言だけは、ちょっと聞き捨てならなかった。

なにそれ。りっくんが顔だけ？　そんなわけないでしょ。

それって完全にひがみじゃん。

なんか……無性《むしょう》に腹立つ。

思わずムッとして、その男子たちのほうを振り返る。

するとその時、となりのりっくんが急に私の肩にガシッと手を置いて、抱き寄せてきた。

「……わっ！」

「なぁ、そのカレーひと口ちょうだい」

「えっ？ ……これ？」

どうしたんだろう。なんで急にカレー？

唐揚げばっかで飽《あ》きちゃったのかな？

「う、うん。いいよ。ハイ」

言われて食べかけのお皿を彼のほうへ差し出してみる。

すると彼は、私の顔を覗き込むようにじっと見つめながら。

「そうじゃなくて。ゆずが食べさせて」

えぇっ？

さっきまでとはまるで違う、甘《あま》えるような彼の口調に少しドキッとしてしまった。

食べさせてって……りっくんそういうキャラだったっけ？

りっくんの顔がやけに近くて恥ずかしい。なにこれ……。

あ、でもそうか。ここは彼女のフリしなきゃいけないのか。

「わ、わかった……。はい、りっくん」

言われたとおりスプーンにカレーをすくって彼の口もとへと運《はこ》ぶ。

そしたら彼はあーん、と口を大きく開《あ》け、ぱくっとひと口で綺麗に食べてくれた。

その瞬間、なんとも言えない恥ずかしい気持ちでいっぱいになる。

わあぁ、なにやってんだろ。カップルみたいじゃん。

って、一応カップルなんだった……。

「さんきゅ。うまかった」

食べ終えたりっくんはそう言いながら満足そうに笑って、私の頭にポンと手を乗せる。

すると、その様子を見ていたさっきの男子たちがまた騒ぎ始めた。

「うわ、なんだよあれ！」

「ムカつくな〜！　イチャイチャしやがって！」

「バカップル、うぜー。行こうぜ」

そして口々に文句を言いながらその場を去っていく。

それを聞いたらますます恥ずかしくなってきて、思わずりっくんに声をかけた。

「ねぇりっくん……なんか今の、すごい見られてたみたいだよ」

でもりっくんは照れるどころか、いつものクールな表情に戻ると、フンと鼻で笑って。

「いいんだよ。わざと見せつけてやったんだよ」

「えぇっ⁉　わざと？」

ウソ。そうだったの？　なんでまた……。

「うん。だってムカついたからな」

それを聞いて、さっきの男子たちがりっくんの悪口を言っていたことを思い出す。

「え……。もしかして、さっきのあの人たちの会話？」

「うん」

そっか。りっくんもあの会話ちゃんと聞いてたんだね。

だから急にあんなことしたんだ。

たしかに、なにも悪いことしてないのに、あんな言い方されたら嫌だよね……。

そう思った私は、励《はげ》ますかのようにポンと彼の肩を叩いてみせた。

「き、気にしなくていいよっ」

「え？」

「りっくんは、顔だけなんかじゃないし！」

そしたらりっくんは少し困ったように眉をひそめながら。

「……なんだよ急に。べつに気にしてねぇよ」

なんて言うけど、ほんとは絶対傷《きず》ついたよね。

「だって、あんなふうに言われたら私まで悔しいじゃん！　りっくんのこと悪く言われたら嫌だよ。りっくんは顔だけじゃなくて、中身だってすごくカッコいいんだから！　わかってないよね」

私が熱弁《ねっべん》すると、彼は驚いたように目を丸くして、その場に固まる。

そして急にパッと目をそらしたかと思うと、口もとに手を当てながら呟いた。

「……っ、本当に、そんなこと思ってんの？　お前」

「え？」

しかもなぜか、その顔は少し赤いように見える。

「うん。もちろんっ！」

すぐさまハッキリとうなずいたら、ますます彼は照れたように顔を赤くして。

「……へぇ。そりゃどうもな」

なんて言いながら、恥ずかしそうに顔をそむけた。

……あれ？

もしかして、私が今カッコいいとか言ったから照れたのかな？

りっくんでも照れたりするんだ。意外。

でも、今のはお世辞《せじ》じゃなくてちゃんと本心だからね。

なんだか自分まで少し照れくさくなってきて、りっくんから目を離して反対側を向いてみる。

「……おい、ゆず」

すると急にりっくんが私の名前を呼び、振り返ったら目の前に、箸《はし》につままれた唐揚げが一個。

「これ、やるよ」

彼はそう言うと、私のカレーの皿にその唐揚げを乗せてくれた。

その行動に驚いて、目を丸くする私。

「えっ、いいの？　りっくんさっきはダメって……」

絶対くれないと思ってたのに。

「うん。なんかもう腹いっぱい」

「ウソっ。まだちょっとしか食べてないじゃん。どうしたの？」

私が不思議がって尋《たず》ねると、りっくんは小声《こごえ》でボソッと呟く。

「お前のせいだよ」

「えっ……？」

その意味がよく理解できなくて、ポカンとしてしまう。

すると、彼は左手を私の頭にポンと置いて、いつもみたいに髪をわしゃわしゃとかき乱し始めた。

「キャーッ、ちょっと！」

なんでなんで？　よくわかんないよ。

私のせいってどういう意味なの？　なにかしたっけ？

もしかして、今りっくんのことをほめたから、それで唐揚げくれたとか？　それともカレーのお返し？

彼がなにを考えているのか、イマイチよくわからない。

りっくんは時々こうやって意味深《いみしん》な発言をしたりするんだけど、私はいつもその意図《いと》が読み取れないんだ。

私がバカなのかな……。

だけど、彼からもらった唐揚げは想像どおりのおいしさで、次は絶対に自分もこの唐揚げ定食をたのもうなんて心に決めたのでした。

放課後。さっそく今日もりっくんと一緒に帰ろうと思って彼の席の近くまで行ったら、男子が数人集まってみんなで会話しているところだったらしく、少しだけその会話が聞こえてきてしまった。

「え、じゃあなに？　告ったのは梨月からなの？」

「……っ、何度も言わせんなよ」

「えーっ、じゃあずっと好きだったのかよ！　ゆずちゃんのこと！　良かったじゃねーかよ～」

「いいよなぁ～。あんな可愛い彼女」

なにかと思ったら、私の話だ……。

恥ずかしくて声をかけるのをためらう。

というかこんなの、聞いてていいのかな？

「すげぇよな。誰の告白も受け入れなかったあの柚月ちゃん落とすなんて、お前はやっぱりすげぇわ」

「だよなー。もうチューとかしたの？」

「してねぇよ！」

「なーんだ。進展《しんてん》あったら詳しく教えてよ」

うわぁ、ちょっと……。やめて～。

りっくん大丈夫かな？　かなり困ってるよね。

話題が話題なだけに、だんだんと聞いていられなくなって、その場をサッと離れる私。

あの調子だとしばらく話しているかもしれないから、先に下駄箱に行って待ってようと思い、教室を出た。

それにしても、噂って一日で一気に広まってしまうものなんだな。

こんなにいろんな人に話題にされるとは思ってなかったけど、実際は本当に付き合ってるわけじゃないから、もっともらしくウソをつくっていうのもまた難しい。

りっくんのことを彼氏だって公言《こうげん》するのは、まだちょっと恥ずかしかったりする自分がいて……。

そのうち慣れてくるのかな。

なんて、考えごとをしながら歩いていたら、ふと廊下の向こう側から見るからに派手な女子たちが数人ぞろぞろとこちらに向かって歩いてくるのが見えた。

みんな髪の色が明るくて、メイクもバッチリ。

上履きの色を見ると、赤だから一個上の三年生だ。

彼女たちは私の姿を見つけるなり、なぜか立ち止まって行く手を阻《はば》む。

そして中心に立っていたウェーブがかかった茶髪の先輩が、にらみをきかせながらこう聞いてきた。

「ねぇアンタ、二年の姫川柚月だよね？」

その瞬間ドクンと飛び跳ねる心臓。

「は……はい」

「ちょっとこっち来てくんない？」

なんだか嫌な予感でいっぱいだったけれど、あまりの威圧感《いあつかん》にその場から逃げ出すこともできず、仕方なく言われたとおり先輩たちについていくことにした。

人気《ひとけ》のない廊下の端のほうまで連れていかれ、ぐるりと取り囲まれる。

「こいつが春瀬ひまりに似てるとか言われてる奴ー？」

「ウソでしょ。似てないし」

「全然たいしたことねーじゃん」

口々に文句を言われ、言い返すこともできず、ただ黙って下を向く私。

こういうのは初めてじゃない。けど、やっぱり怖い。

するとそこで、さっきの茶髪の先輩がひと言。

「アンタさぁ、梨月くんと付き合ってるって本当なの？」

そう聞かれた瞬間、どうして呼び出されたのかがハッキリとわかった。

あぁ、そっか。それが原因なんだ。

この人たちはりっくんのファンなんだ。だから私に文句が言いたくてこんな……。

だけど、りっくんと約束したし、ここは否定するわけにはいかないよね。

「えっと、あの……はい。ほ、本当です」

恐る恐る肯定した瞬間、一気に顔が引きつる先輩たち。

「えっ……」

「ウソ〜っ！　やっぱあの噂マジだったんだ！」

「最悪！」

「どうやって落としたわけ？」

詰め寄られ、ますます逃げ場がなくなる。

「どうせきたない手を使ったんでしょ！」

「色仕掛《いろじか》けで無理矢理言い寄ったんじゃないの？」

「絶対そうだって！　マジムカつく。ほんと目障《めざわ》り！」

「……」

理不尽《りふじん》に思いながらも、怖くてなにも言い返せない。

どうしよう……。

あのウソで、少なからずこうやって嫌な思いをする人がいることはわかってたんだから、やっぱり恋人のフリなんてしないほうが良かったのかな。

思わずそんなことが頭の中をよぎった。

「ちょっと可愛いからって調子に乗ってんじゃねぇよ！　この男たらし！」

「きゃっ！」

先輩のひとりがそう言って、私の肩をドンと突き飛ばす。

その力が強くて、危うくころびそうになった。

「アンタなんか梨月くんにもてあそばれてるだけだから！」

「そうだよ。勘違いすんなっ！」

そして今度は茶髪の先輩がとどめを刺すかのように、勢いよく手を振り上げる。

……あ、ダメだ。ぶたれる！

そう思ってぎゅっと目をつぶった瞬間だった。

——パシンッ。

なにかを受け止めるような音とともに、聞こえてきた低い声。

「なにやってんすか？」

……あれ？

どうやら私、ぶたれずにすむみたい……。

恐る恐る目を開けると、目の前の先輩がビックリしたような顔をして固まっている。

そしてその振り上げた腕を、後ろからなんと、りっくんが掴んでいて……。

「りっくん‼」

驚きのあまり彼の名前を大声で叫んでしまった。

「ヤバっ」

「ウソっ。やだ、梨月くん……！」

「えっ？　なんでっ⁉」

突然の彼の登場に騒然《そうぜん》とする先輩たち。

りっくんはすぐに掴んでいた手を離すと、私の前までやってきて、かばうように手を広げながら先輩たちのほうを振り返る。

「これはなに、俺のせいなの？」

「えっ……」

「俺がこいつと付き合ってるから文句言われてんの？」

りっくんが問いかけると、先輩たちはパッと目をそらす。

「べ、べつにうちらはそういうつもりじゃ……」

「悪いけど、聞こえてましたよ。今の会話」

「えっ！」

ウソ、りっくんも今の聞いてたんだ。

「先輩たちは、俺がこいつと遊びで付き合ってるって言いたいんですか？」

そう言われて、ますますバツが悪そうな顔をする先輩たち。

「いや、っていうか、あの……」

「言っとくけど俺、本気なんで。告ったのだって俺のほうだし」

「う、ウソっ！」

「やだ……。そうだったの？」

「そうだよ。だから、ゆずのこと悪く言うな」

りっくんは真剣な顔でそう言うと、するどい目で先輩たちをにらみつける。

「もし、またゆずになにかするんだったら、先輩たちが女でも俺、許さないよ」

「……っ」

彼のすぐ後ろでそのやり取りを聞いていた私は、なんだかとてもむず痒《がゆ》い気持ちになった。

なんだろう。これはもちろん仮の彼氏として助けてくれてるんだってことはわかってるのに。やっぱりすごくうれしいと思ってしまう。

だけど同時に、本物の彼氏でもないのに彼にこんなことをさせてしまったことが申しわけなくて。

私ったら結局自分ではなにもできなくて、りっくんに守ってもらっちゃって、情《なさ》けないな……。

先輩たちは少し悔しそうな顔をしながらも、じっと黙り込む。

一気に場がシーンと静まり返って、嫌な空気が流れた。

き、気まずい……。どうしよう。

するとそこで、りっくんがなにを思ったのか、突然彼女たちに向かってバッと頭を下げた。

「たのむから、俺の大事《だいじ》な人に手を出さないでください！」

「えっ……」

「お願いしますっ」

思いがけない彼の行動に、ドクンと心臓が思いきり飛び跳ねる。

ウソっ……。りっくんが、頭を下げてくれてる。

私を守るために。

相手が先輩だから？　まさか、そこまでしてくれるなんて……。

まるで、彼が本当に心からそう思って言ってくれているみたいに聞こえて、なんだか異様にドキドキしてしまった。

『俺の大事な人』

もちろんこれも、彼氏のフリの一環だってわかってるのに。

りっくんの表情があまりにも真剣なものだから、思わず胸が熱くなる。

「……っ」

先輩たちも驚いた様子で目を見開いている。

そして次の瞬間、気まずそうにお互い顔を見合わせたかと思うと、ひとりが小さな声で謝ってきた。

「わ、わかったわよ……。ごめんね」

まさか先輩が謝ってくれるとは思わなかったので、またビックリする。

「い、行こっ」

「うん」

そのまま逃げるように彼女たちはその場を去っていった。

そこでようやくホッとして、体の力が抜ける私。

同時に感謝の気持ちがあふれてくる。

あぁ、またりっくんに助けてもらっちゃった。

すぐに彼の顔を見て、礼を言う。

「りっくん。あのっ、ありがとう……」

そしたらりっくんは、いつものように呆れ顔でため息をついた。

「……はぁ。ったく、どこにいるかと思えば、さっそく呼び出しくらってるし」

「す、すみません……。でも、よくわかったね？」

「お前が呼び出されて連れていかれるとこを見てた奴がいたんだよ」

「えぇっ！」

そうだったんだ。もしかして、それでわざわざ探しにきてくれたのかな。

「いやあの、ほんとにりっくんのおかげで助かったよ。なんか、ごめんね。面倒なことに巻き込んじゃって……。でもまさか、あそこまで言ってくれるとは思わなかった」

「いや、べつに俺はただ……」

「うれしかったよ。ちょっと感激しちゃった」

私がはにかみながらそう告げると、りっくんは照れくさそうにパッと目をそらす。

「……だって、約束しただろ。守るって。それに、彼氏のフリとか関係なしに、お前が嫌な思いしてたら俺も嫌なんだよ」

「えっ……」

なにそれ。

「あんなの、ほっとけるわけねーだろ」

その言葉にドクンとまた心臓が大きな音を立てる。

胸の奥がジーンとして、思わずちょっとだけ泣きそうになってしまった。

あぁ、やっぱりりっくんは、顔がイケメンなだけじゃなくて、中身だって本当に素敵な人だよ。

言葉や態度はぶっきらぼうだったりするけど、誰よりも優しくて、思いやりのある人。

私に対してそんなふうに思ってくれてたんだね。

「ありがと。りっくんのそういう優しいとこ、大好き」

思わずそんな言葉が、口からすんなりとこぼれてくる。

「なっ……！」

そしたらりっくんはなぜかギョッとしたように目を丸くすると、急に顔を真っ赤《まっか》に染めた。

そして焦《あせ》ったように私の頭をペシッと軽く叩く。

「ば、バカお前っ……。そういうこと、そんな気軽《きがる》に人前で言うなよ」

「えっ、なんで？」

あれ？ 今私、人前で口にしたらまずいようなこと言ったかな？

不思議に思いながらキョロキョロと辺りを見回すと、たしかにさっきまでは周りに誰もいなかったのに、いつの間にかチラホラと人の姿が見える。

あぁそっか。人前でほめられたら恥ずかしいってことなのかな。

「とりあえず、帰るぞ」

するとりっくんは話を遮《さえぎ》るかのようにそう言って、私の手を強引にぎゅっと握るとスタスタと歩き始めた。

ふと見上げると、彼は顔だけじゃなく耳まで赤くなっている。

そんな彼の姿を見て、思わず顔がほころんでしまう私。

りっくんったら、人前で手を繋ぐのは平気なのに、ほめられると照れちゃうんだ。

クールでしっかりしているように見えて、意外とシャイなのかな。

「ふふっ」

「……なに笑ってんだよ」

「え？　ううん、なんでもないよ」

「はぁ？」

ひとりでクスクス笑っていたら、りっくんに渋い顔をされてしまったけれど。

不覚《ふかく》にも、彼のことをちょっと可愛いなぁなんて思ってしまった。

こんな感情になったこと、今までなかったな……。

＊甘えていいよ

『柚月、柚月！』

聞き覚えのある声にハッとして振り返ると、そこには学ラン姿の彼が立っていた。

『俺、約束どおり大会で一位とったよ！』

表彰状《ひょうしょうじょう》を手に持ちながら満面の笑みでそう告げるのは、私の大好きな人、涼《りょう》ちゃん。

『すごいっ、涼ちゃん！　おめでとう！』

私がそう言って彼に抱きつくと、彼もまたぎゅっと抱きしめ返してくれた。

一六四センチの彼と、一五六センチの私の身長差はあまりない。

だけど、男の子だから背中は広くてしっかりしてる。

『柚月の応援のおかげだよ』

彼はそう言って腕を離すと、冷えた私の両手を取って、温めるようにぎゅっと握りしめてくれる。

『うわー、また冷えてる。柚月の手って、いつも冷たいよな』

この言葉は、彼が私の手に触れるたびにいつも言うセリフで、私はこれを聞くたび、自分が冷え性でよかったなぁなんて思っていた。

だって、涼ちゃんはいつもそう言って私の手をあっためてくれるから。

涼ちゃんの手のぬくもりを感じられて、幸せな気持ちになれるから。

だけど次の瞬間、そのぬくもりはどこかへ消えてしまう。

温かかったはずの彼の手が、どんどん冷えていって。

しまいには、私の手よりもずっと冷たくなってしまった。

ハッとして彼の名前を呼ぶ。

『涼ちゃん！　涼ちゃん！』

すると、先ほどまで笑っていたはずの彼の顔から表情が消えている。いつの間にか目も閉じられて……。

あぁ、やめて。お願い。

お願いだから、涼ちゃんを連れていかないで。

必死で神様にそうお願いした。

だけどもう、その手の温度は戻らない。

『嫌だ……っ。涼ちゃん!!』

そのまま彼の目が再び開くことはなくて、私はその場で崩《くず》れるように泣き叫んだ。

「いやあぁ～っ!!」

叫びながらガバッと起きると、そこは自分の部屋のベッドの上。

「はぁっ、はぁっ……」

乱れた呼吸を整えながら辺りをぐるっと見回す。

カーテンの向こうからは、いつの間にか日が差していて明るい。

あれ？　もう朝……？

どうやら私は、夢を見ていたみたい。

涼ちゃんの……今はもういなくなってしまった、大好きだった人の夢……。

閉じ込めていたはずの記憶がどっと押し寄せてきて、どうしようもなく胸が苦しくなる。

今までも、同じような夢を何度か見たことがあって、たいてい最後はあんなふうに目が覚めてしまうのだけれど、今回のは実に久しぶりだった。

ここ最近はずっと見ていなかったのに、急にどうしてかな。

もう彼のことを思い出しても、だいぶ平気になってきたと思ってたのに。

この夢を見てしまうと、やっぱりダメだ。辛い……。

今日もこれから学校に行かなきゃいけないっていうのに、とても支度《したく》をする気持ちになれなくて、しばらくそのままベッドの上でボーッとしていた。

涼ちゃんがいなくなってから約三年――。

彼、藤《ふじ》井《い》涼介《りょうすけ》は、中学一年生の時にできた初めての彼氏で、私が初めて本気で好きになった人。

中一の二学期の席替えでとなりの席になったのをきっかけに話すようになって、仲良くなったんだけど、優しくてがんばり屋な彼のことを先に好きになったのは、私のほうだった。

陸上部で短距離走《たんきょりそう》の選手だった彼は足がすごく速くて、市の陸上記録会の選手にもいつも選ばれていたし、体育祭のリレーでも大活躍していた。

私は彼が走っている時の真剣な横顔が大好きだった。

私は当時吹奏楽部だったから、その部室からいつも陸上部が練習するグラウンドを覗いていたんだ。

いつもそうやって見ていたから、私の気持ちは友達にもバレバレだった。

『早く告白しちゃいなよ』って何度も友達から言われて、それでついに意を決してバレンタインデーに告白。

いつどこで、どんなふうに告白しようか、とさんざん悩んだ結果、よくあるパターンだけれど、放課後の屋上《おくじょう》に呼び出して、チョコレートを渡しながら伝えた。

『ずっと前から好きでした。付き合ってください』ってストレートに。

めちゃくちゃ緊張《きんちょう》したけど、返事はまさかのOK。

『俺もずっと気になってた』

そう言ってもらえた時の喜びは、今でもはっきりと覚えている。

ずっと憧《あこが》れていた彼と両想いになれたのがうれしくてたまらなくて、その日の夜は眠れなかった。

涼ちゃんは特別イケメンだとか、目立つタイプだったわけではないけれど、とっても優しくて、春のお日さまのようにポカポカとあたたかい人だった。

付き合ってからもそれは変わらなくて、彼と一緒に過ごす毎日はとても幸せで。

手を繋いだのも、キスをしたのも全部、彼が初めてだった。

だから、私にとって彼は本当に特別な存在で、そんな彼がある日突然、目の前からいなくなってしまうとは思ってもみなかった。

付き合って約半年が経過した、中二の八月。忘れもしない夏休みの終わりのこと。

私はその日、涼ちゃんとデートの約束をしていて、いつものように最寄《もよ》りの駅で待ち合わせをしていた。

だけどなぜか、約束の時間になっても来ない。

涼ちゃんが遅刻をするなんてことはめったになかったので、きっとなにか事情があったんだろうと思い、そのまま待っていた。

だけど、いくら待っても彼は来なくて。携帯に何度も電話をかけてみたけれど、連絡もつかなくて。

すっかり日が暮れてしまって、念のため彼の家を訪ねてみたけれど、誰もいない。おかしいなと思いながらも、私は仕方なくそのまま家に帰ることにした。

そして家に着いてしばらく経ってから、かかってきた一本の電話。

それは涼ちゃんの番号からで、電話の向こうの相手はなぜか、彼のお姉さんだった。

『涼介が交通事故にあって、ついさっき亡くなったの……』

彼女は私たちが付き合っていることを知っていたし、今日会う約束をしていたことも知っていたみたいで、だから私にもわざわざ連絡をくれたようだった。

私はあまりのショックにしばらくその場から動けなくて。すぐには涙すら出てこなかった。

だって、信じられなかったから。大好きな彼が亡くなっただなんて……。

絶対にそんなこと信じたくなかった。

だけど、駆け付けた病院で横たわっていた彼は、もう目を開けていなくて。体も冷たくなってしまっていた。

『涼ちゃん！　涼ちゃん！』

何度そう叫んだかわからない。

呼べば返事をしてくれるんじゃないかと思って何度も何度も彼の名を呼んだけど、彼が再び目を開けてくれることはなかった。

最後に握った手の感触《かんしょく》は今でも覚えている。

あんなに温かかったはずの彼の手が、冷たくて……。

もうこの手で私の手を温めてくれることもないんだって、そう思ったら、どうしようもなく悲しくて、辛くて、胸が張《は》り裂《さ》けてしまいそうだった。

涙が枯《か》れ果《は》てるまで泣いた。息ができないほど。


それから三年……。

時間の経過とともに少しずつ気持ちの整理がついてきたけれど、今でも私は涼ちゃんのことを少し引きずっている。

今日みたいに夢を見たり、ふとした瞬間に思い出してしまう。

別れたわけではないから、好きな気持ちが完全に消えることもなかったし、今でもやっぱり特別な存在であることに変わりはなくて、彼がいなくなってから私は新しく誰かを好きになれたことはない。

恋をするのが〝怖い〟なんて思ってしまう。

いつかまた大切な人を失《うしな》ってしまったらと思うと、怖くて。

好きになればなるほど、失った時の悲しみが大きいことをわかってるから。

本気で誰かを好きになることを恐れてるんだ。

ずっとこのままじゃいけないってこともわかってるのに。

今はもう毎日普通に笑顔で過ごせるようになったけれど、やっぱり時々寂《さび》しさが押し寄せてきてどうしようもない気持ちになったり、電車に乗っていて突然涙が出てきたりする。

いつになったら私はこの悲しみを乗り越えられるんだろう。

乗り越えられる日なんて来るのかな。

わからないよ……。


その後、腫《は》れた瞼《まぶた》をなんとかメイクでごまかして、いつもより少し遅れて学校に行った。

教室はいつもどおりにぎやかで騒がしくて、先ほどまでのどよんとした気持ちを少しかき消してくれる。

「おはよう……」

私はみんなに挨拶をしたあと、おとなしく自分の席に着くと、そのままボーッとしていた。

なんだか今日はあまり誰かと話そうとか、そういう気持ちになれない。

ひとりでいたいなんて思ってしまう。

だけど、ひとりぼっちでいるとよけいに涼ちゃんのことをいろいろ思い出してしまって。

悪循環だよなぁ……。

「おはよ」

するとその時、聞き覚えのある声とともに、私の頭上《ずじょう》に誰かの大きな手のひらがポンと乗っかった。

見上げると、そこに立っていたのはやっぱり、りっくん。

「あ、おはよー。……っ!?」

だけど、その姿を目で確認したとたん、ドクンと思いきり私の心臓が飛び跳ねた。

だって……りっくんの髪型がいつもと違うんだもん。

サラサラの髪がいつもよりぺたんとしてて、ちょっと幼《おさな》く見えるというか。

私が目を丸くしたまま固まっていると、りっくんは眉をひそめ、不思議そうな顔で聞いてくる。

「ん？　なんだよ。どうした？」

「そ、その髪……」

ねぇ、どうしてかな。こんな偶然。

「あぁ、これな。今日は朝時間なくてワックスつけてくんの忘れたんだよ」

そう話す彼は、なんだかとても恥ずかしそうにしている。

「変だった？」

「えっ。いや、そ、そんなことないよっ！　ただ、いつもと違うから……ビックリしただけ」

なんて答えたけど、本当は、それだけじゃない。

実は今顔を上げた時、一瞬りっくんが、涼ちゃんに見えたんだ。

髪型がすごく似ていたせいで。

バカだなぁ、私。りっくんと涼ちゃんを間違えるなんてありえないよ。

顔とか全然似てないし、そもそも涼ちゃんがここにいるわけないのに……。

夕べ、あんな夢を見たせいかな。

するとりっくんは急に少しムッとした顔になって。

「……なんだよ。ゆずにも不評《ふひょう》っぽいな」

なんて言い出したので、私は慌ててもう一度否定した。

「えっ！　そんなんじゃないって！　べつに私は……っ」

「いいよ。みんなにも『お前今日どうしたの？』とか突っ込まれてうぜーから、今からトイレで直してくるわ」

「えーっ⁉　待って！　いいよ、そんなわざわざっ」

「じゃあな」

だけど結局彼はそのまま本当にトイレに髪を直しに行ってしまって、私はよけいなことを言ってしまったなと思い、少し後悔した。

ごめんね、りっくん。私が変なリアクションしたせいで。

気を悪くしちゃったよね。

本当は似合ってたのにな……。

四時間目のホームルームの時間は、今月末に予定している修学旅行の打ち合わせだった。

うちの学校の修学旅行先は毎年沖縄。この寒い時期でも向こうは暖かいらしい。

グループごとに分かれて、自由行動の行き先を相談して決める。

私たちのグループは全部で六人で、琴子とりっくん、そして玲二くんも一緒なので、すごく気楽だった。

メンバーはほかに吹奏楽部所属の佐々木《ささき》穂香《ほのか》ちゃんと、あまり話したことはないけれど、クラスで一番足が速いという噂の浅井《あさい》健斗《けんと》くんもいる。

「はい！　それじゃあみんな、行きたいところをどんどんあげていってね～」

ムードメーカーの玲二くんが場を仕切《しき》ってくれる。

和《なご》やかな雰囲気の中で、それぞれみんな意見を出し合った。

「私、おいしいスイーツ食べにいきたいなぁ」

「沖縄そばの有名店とかもいいよね」

「ここ、めっちゃ景色《けしき》いいじゃん！　いい写真撮れそうで良くね？」

私もぼんやりとガイドブックを眺めながら考える。

すると、となりに座っていた琴子がふいに顔をじっと覗き込んできた。

「ねぇ柚月、大丈夫？　さっきから全然しゃべんないけど」

「えっ！」

そう言われて、今日は自分のテンションが低いことを琴子にまで感付かれてしまったかなと思いドキッとする。

ダメだ。私ったら、またボーッとして……。

「そ、そんなことないよっ！　ほら、いろいろ行きたいところがあるから迷っちゃってさ」

「ならいいけど。まあたしかに迷うよね。どこも魅力的だし」

「そうそう。でも私はおいしいものが食べられれば、あとはなんでもいいかなぁ～。

あはは」

慌てて笑顔を作り、なんでもないフリをする。

危ない、危ない。気をつかわせないようにしなくちゃ。

そしたら琴子はいつもどおり呆れた顔で笑ってくれた。

「あはは、柚月らしいね」

そんな私たちの様子を、斜め前の席に座るりっくんがなぜかじーっと見ている。

りっくんはいつの間にか普段の髪型に戻っていて、それを見たらなんだか少し申しわけない気持ちになった。

本当にわざわざ髪を直したんだ。

「おーい梨月、お前はどこ行きたいの？」

りっくんにとなりの玲二くんが話しかける。

「え？　俺はべつにどこでもいい」

「とか言ってまさかお前、自由行動なのをいいことに、ゆずちゃんとふたりきりになろうとか企《たくら》んでんじゃねーだろうな」

「はぁ!?」

「俺らはそれでもかまわないんだけどさー、あくまで学校の行事《ぎょうじ》なんだから、あんまり変なことはするなよー？」

　なんて、玲二くんは相変わらずからかうようなことばかり言っている。

　私たちが付き合ってるフリをしていることを、彼は知ってるのにね。

「アホか。そんなことするわけねーだろ。それはこっちのセリフだっつーの。お前こそナンパばっかかすんなよ」

「うーん。それはどうかな～」

「おい……」

　りっくんは完全に呆れ顔。

　するとそこで、先ほどまではおとなしかった向かいの席に座る浅井くんが急に大声を張りあげた。

「あーっ！　俺、ここ行きたいっ‼」

「え、どこどこ？」

　ガイドブックを見ていた彼が指差したのは、とある海沿いの絶景《ぜっけい》スポットの写真。

「ふーん、なにここ。有名なの？」

『ドラマロケ地で話題に！』って書いてあるみたいだけど……。

「実はここ、『陸上王子』のロケ地なんだよね。知らない？」

　それを聞いてグループのみんなも大騒ぎ。

「うっそ！」

「えーっ！　そうだったの!?　あのドラマ面白かったよね。私も好きだった～」

そしたら浅井くんはキラキラした笑顔で語り始めた。

「実は俺、元陸上部でさ。だから『陸上王子』超ハマって見てたんだよね。それで、どうしてもここに行きたくて。もし良かったらここも行き先に加えてくんない？」

〝陸上部〟という言葉に少しドキッとする私。

そっか。浅井くんは足が速いとは聞いてたけど、元陸上部だったんだ。

「いいじゃん！　行こうぜ」

「あのテレビドラマの『陸上王子』ってことは、俳優の山本《やまもと》くんもここに来てたんでしょ？　だったら私も行ってみたいな～」

「わーっ、マジ？　みんなありがと！」

そして、そんな浅井くんの熱い希望もあって、行き先のひとつにそのロケ地も加えられることになった。

「あ、そうだ。そういえば、『陸上王子』で思い出したんだけど、姫川さんってもしかして、三中出身だったりしない？」

するとそこで、なぜか浅井くんが急に私に向かって話しかけてきて。

「え、私？　う、うん。そうだけど……」

どうして急にそんなことを聞くんだろう。

「やっぱり〜！　いやね、俺さ、中学の時に姫川さんに会ったことある気がするんだよね」

「えっ……？」

ウソ。会ったことある？

私は全然そんな覚えがないんだけど、一体どこでだろう。

「昔、市の陸上の大会でさ、応援に来てなかった？　たしかあれ、中二の夏だったかな？」

そう聞かれた瞬間、思わずビクッと体が震えた。

え、ちょっと待って……。

中二の夏。市の陸上の大会。

それってまさか……。

「三中に春瀬ひまり似の可愛い子がいるってうちの部でも噂になってたから、すげー覚えてるんだけど」

ドクドクと鼓動《こどう》が速くなって落ち着かなくなる。

どうしよう。たしかに私、中学時代、陸上の大会にはよく足を運んでた。

だけど、なんで今その話を……。

「い、いた、かも……」

恐る恐るうなずいたら、浅井くんは目を輝かせ、さらに詳しいことを聞いてくる。

「やっぱりいたよな!? 姫川さんも陸上部だったの？」

「え、違うよっ」

「そうなんだ。じゃあ友達の応援とか？」

「う、うん。まぁ……」

なんて、本当は友達じゃなくて彼氏なんだけど……。

「そっかー。いやぁ、その時百メートルの決勝ですげー速い奴がいてさぁ。そいつがたしか三中生で、俺と同い年の奴だったんだけど、どうしても俺、そいつにだけは勝てなくて。結局俺は二位で、めちゃくちゃ悔しかったんだよね」

「えっ……」

浅井くんの言葉に、さらに心臓がドクンと跳ねる。

もしかして。もしかしてだけど、その速い奴ってまさか……。

「誰だっけー、アイツ。三中だった姫川さんなら知ってるかな？ 名前とか覚えてたりする？」

そして次の瞬間、彼から思いがけない質問をされて、私は体がフリーズした。

閉じ込めていた昔の記憶が一気によみがえってくる。

中二の夏。市の陸上大会。百メートル走。

あの時決勝で一位を取ったのは、たぶん……涼ちゃんだ。

『俺、約束どおり大会で一位とったよ！』

昨晩見た夢と重なる彼の姿。

思い出したとたんに動悸《どうき》がして、手がブルブルと震え始めた。

「えっ、と……」

どうしよう。どうしたらいいんだろう。

知らないって言っちゃおうかな。

さすがにここで、彼の名前を自分から口にすることはできないよ……。

学校では平静を装《よそお》うつもりだった。

みんなに気をつかわせないように普通にしているつもりだった。

だけどまさか、こんな形で涼ちゃんの話題を出されてしまうとは思ってもみなくて。

「姫川さん？」

私が急に口ごもってしまったものだから、浅井くんが心配そうに様子をうかがってくる。

同時にグループみんなの視線が一気にこちらに集中して、変な空気になった。

このままじゃ、不自然に思われてしまう。なにか話さなきゃ。

だけど、なんて……？

「……っ」

頭の中が真っ白になって、うまく言葉が出てこない。

するとそこで突然、浅井くんのとなりに座っていたりっくんがひと言。

「いや、さすがにそこまでは覚えてないんじゃね？」

場の沈黙を切り裂くかのように、会話に口をはさんできた。

「なぁ？　ゆず」

まるで、戸惑う私に助《たす》け舟《ぶね》でも出すかのように。

「え……っ。あ、うん……」

よかった。どうしようかと思った。

「あ、あははっ、そっか。そうだよなー。ごめんごめん、急に変なこと聞いて」

浅井くんもりっくんに言われて、すぐに納得《なっとく》した様子で謝ってくる。

「それよりさ、俺のリクエストも聞いてくんない？　俺は個人的にこの店に行きたいんだけど」

りっくんはさらに話題をすり替えるようにして、ガイドブックを指差しながらみんなに向かって話し始める。

こういう場で彼がこんなふうに提案をしたりするのは珍《めずら》しいので、私も正直ビックリしたけれど、玲二くんはそれ以上にもっと驚いた顔をしていた。

すかさず大声で突っ込みを入れる。

「はぁっ？　お前さっきは『どこでもいい』とか言ってたじゃん！　なんだよ急に。しかもなにこれ、人気のパンケーキ店？　女子かよ！」

「なんだよ。文句あんのかよ」

「いや、べつにいいけどさー、なんかお前っぽくないっていうか。急にどうしちゃったの」

「はいはいはーい！　私もそこ行きたい！　パンケーキ好きだし！」

するとそこになぜか琴子までノリノリで加勢《かせい》してきて。

女子に優しい玲二くんは、それを聞いた瞬間、態度がコロッと変わった。

「おぉっ、なになに、珍しく琴ちゃんまで乗り気だ！　じゃあマジでこの店行っちゃう？」

「うわ、お前な……」

りっくんはそんな玲二くんに呆れてたけど。

今の流れで、いつの間にかまた元の和やかな話し合いのムードに戻ってくれてホッとする。

もしかして、今のはわざとだったのかな。

りっくんは私の様子が変だってことに気が付いて、意図的に話をそらしてくれたのかな？

そう思ったら少し申しわけなかったけれど、あらためて彼の優しさを実感して、感謝の気持ちでいっぱいになった。


その日の放課後。

支度を終えて帰ろうと思い教室を出たら、りっくんがちょうど一年生の女の子に呼び出されている場面に遭遇《そうぐう》してしまった。

「あ、あの、桜井先輩っ！　ちょっとお話が……」

なんて、頬《ほお》を赤らめながら肩を震わせるその子はとても一生懸命な感じで、可愛らしい。

私はいつもどおりりっくんと一緒に帰るつもりだったけど、その様子を見たらなんだか邪魔《じゃま》しないほうがいいかなと思えてきて、サッと逃げるようにその横を通り過ぎ、下駄箱まで急いだ。

さっきの、もしかして告白かな？

あの子はりっくんに彼女がいるという噂を知っているのかどうだか知らないけれど、あんなふうに呼び出すのはすごく勇気がいるだろうなって思う。

自分も初めて告白した時はそうだったし。

それなのに、あの子もまた彼に振られてしまうのかと思うと、ひどく申しわけない気持ちになる。

本当はりっくんに彼女なんていないし、私はただの偽の彼女なのにな……。

靴を履き替え、昇降口《しょうこうぐち》から外に出る。

そこで私は、りっくんのスマホにこっそりメッセージを送っておいた。

『今日は見たいテレビがあるから先に帰るね』

なんて、理由が適当すぎるかもしれないけど。

それに本当は、先にひとりで帰ろうと思ったのは、さっきの呼び出しを見たからという理由だけじゃない。

なんとなく今日はひとりになりたかったんだ。

あんな夢を見たせいで、一日中涼ちゃんのことばかり考えていたし、どうしてもいつものようにふるまえない自分がいたから。

正直なところ、早く学校から離れてひとりになりたいというのが本音《ほんね》だった。

みんなに気をつかわせるのが心苦しくて。

修学旅行の打ち合わせ中も、結局りっくんが気をつかってフォローしてくれたし、お昼休みだって、私が食欲がなかったものだから、琴子がすごく心配してくれた。

どんなにとりつくろっても、結局顔や態度に出てしまう。隠し切れない私。

りっくんや琴子は、私が時々そうやって元気がなくなるのをわかってるから、あえてなにも詳しくは聞いてこなかったけれど。

そういう彼らの優しさも、ありがたい反面申しわけなかった。

どうしていつまでもこうなんだって思う。

自分のことが嫌になるの。

学校から駅まで続く一本道の途中、小さな公園がある。

まっすぐ家に帰る気もしなかった私は、結局そこに寄って、ひとりベンチに腰掛けてボーッとしていた。

落ち込んだ時は、たまにひとりでここに寄るんだ。

寒い中、スマホも見ないで考えごとをする。

考えてもどうしようもないこと、延々と考えて。

だけど、考えれば考えるほど、泣きたくなった。

ダメだなぁ……。もうだいぶ気持ちの整理ができたと思ってたのに。

やっぱりふとした瞬間によみがえるんだ。

喪失感《そうしつかん》や寂しさが押し寄せてきて、どうしようもない気持ちになる。

涼ちゃんを失った悲しみを、私はいまだに乗り越えられなくて。

あれから三年たった今でも、こうしてたびたび落ち込んでばかりで、全然前に進めていないような気がする。

思い出せば中学の時、涼ちゃんを失ってボロボロだった私は、学校に通うのが精いっぱいで、ものすごく暗かった。

最初はそんな私に対して周りのみんなも心配して、同情してくれた。

だけどある日、クラスメイトに陰でこんなふうに言われているのを聞いたんだ。

『いつまであの子、悲劇《ひげき》のヒロイン気取りしてるの？』って。

その時初めて気が付いた。

周りのみんなに気をつかわせていたことに。

私は自分が辛いとか、苦しいとかそればっかりで、周りの人たちへの配慮が全然できていなかった。気を配《くば》る余裕がなかった。

だからそれ以降は、気を付けることにしたんだ。

人前ではあんまり態度に出さないようにしなくちゃって。

いつまでも落ち込んだ顔していたらいけないって。

だから、時々涼ちゃんのことを思い出すことがあっても、学校ではとにかく笑顔でいるようにしてたし、顔に出さないようにしてきた。

それにだんだんと慣れていった。

だけど、やっぱり時々隠し切れないほどに苦しくなる時がある。今日みたいに……。

そういう時はどうしたらいいのか、自分でもわからないの。

生足《なまあし》のままベンチにずっと座っていたら、だんだんと体が凍《ここ》えてきた。

さすがにそろそろ帰らなくちゃヤバいなって思う。暗くなってきちゃったし。

だけどなぜか、その場から動くことができなかった。

寒い。寒いよ。

手が冷たいよ……。

ふぅっと何度も息を吐いて、自分の手を温めてみる。

するとそんな時、頭の上にポンと誰かの手が乗るような感触がして。

「……えっ？」

ドキッとして見上げると、そこにはなぜか見覚えのある人物の姿があった。

「う、うわぁっ！　りっくん！　なんでっ……！」

ウソ、どうしてここにりっくんが⁉

私が驚きのあまり大声をあげると、りっくんは呆れたように鼻でフッと笑う。

「お前こそなにしてんだよ、こんなとこで。見たいテレビがあるんじゃなかったのかよ」

「……っ」

そうだった。さっきそんなことメッセージで送ったんだっけ。

「あ、あぁ。えーと、それはですね……」

なんて言いわけしようかなんて考えながら、目が泳いでしまう私。

するとりっくんはベンチの前まで歩いてきて、カバンを肩に背負いながら私を見下ろすと、聞いてきた。

「とりあえずとなり、座っていい？」

「あ、うん」

そしてベンチに腰を下ろす。

数秒間沈黙が流れる。

なんとも言えない空気の中、恐る恐る尋ねてみる。

「……な、なんでここにいるってわかったの？」

そしたらりっくんは即答《そくとう》。

「なんとなく」

「え〜っ！」

そうなの？　なんとなくって、すごいよ。

「ていうか、お前が意味わかんねーこと言って勝手に先に帰るから。絶対変だと思って探したら、ここにいた」

……ウソ。

「さ、探してくれたの？」

「いや、そんなに探してもないけど。お前よくこの公園にいるし」

「ごめん……」

「べつに。今日明らかにお前、様子がおかしかったしな」

「えっ」

そう言われてドキッとする。

同時に感心してしまった。

すごいなぁ。やっぱりりっくんは気付いてたんだ。今日私の態度が変だったことに。

「寒くねぇのかよ」

「さ、寒い……」

私が答えると、りっくんは呆れ顔で呟く。

「バカ。風邪《かぜ》ひくぞ」

そして、急に私の冷えた手を片方取ると、ぎゅっと握ってきた。

「うわ、手ぇ冷たっ」

りっくんの手があったかくて、なんだか泣きそうになる。

どうしてりっくんの手はいつも、こんなにあったかいんだろう。

「だ、だって……」

りっくんは、目を潤《うる》ませながら言葉を詰まらせる私をじっと見下ろし、小さくため息をつく。

「……はぁ。なんでお前はそうやってさ、すぐ我慢すんだよ」

「え？」

「泣きたいなら、泣けば？」

「……っ」

「俺の前でまで元気なフリしたり、無理しなくていいから。俺はゆずが無理して我慢してる顔なんか見たくない」

真顔でハッキリとそう言われて、やっぱりこの人には隠しごとはできないなぁと思う。

「ご、ごめんねっ……。やっぱりりっくんには、わかっちゃうんだね。なんか私、今日みんなに気をつかわせてばっかり。ダメだなぁ……」

「いや、べつに謝んなよ。誰だってそういう時はあんだろ。いつも笑ってられる奴なんかいねぇし、俺だって落ち込む時あるし」

「……え、りっくんも？」

思わず聞き返したら、りっくんは眉をひそめ、渋い顔をした。

「なんだよお前。俺が落ち込まないとでも？」

「いや、そんなこと言ってないけど……」

りっくんが落ち込んでるのって、実はあんまり見たことがないかも。

不機嫌な時は多々あるけど。

「だからゆずも、しんどい時はもっと誰かに頼ったり、甘えてもいいんじゃねぇの。

俺でよければ付き合うから」

「えっ……」

りっくんはそう言うと、握っていた手を離して、今度は私の頭の上にポンと乗せてくる。

「付き合うよ、いくらでも。だから我慢すんな。ほんとは今日、すげぇ辛かったんだろ？」

そんなふうに言われたら、もう我慢できなかった。

鼻の奥がツンと痛くなって、こらえていた涙が一気にあふれだしてくる。

「……っ、りっくん……っ」

ダメだ。止まらない。

もう我慢できない。涙がどんどん出てきちゃう。

「うぅっ……」

そのまま私が崩れるように泣いていたら、りっくんはそっと腕をそえ、自分の胸に私の体を抱き寄せてくれた。

そのぬくもりについ、甘えてしまいそうになる。

いけないよね。いくら仮の彼氏だからって、私、りっくんに頼りすぎだよ。

「ご、ごめん……。ごめんねっ」

謝る私の耳もとに、りっくんの優しい声が響く。

「いいから。甘えてろよ」

そして結局、私はそんな彼の胸に顔をうずめて、しばらくずっと泣き続けていた。

子どもみたいに大声をあげて。

本当はずっと、こんなふうに思いきり泣きたかったんだ。

だけどなぜだかそれができなくて、苦しかった。

彼の腕の中は不思議とすごく居心地《いごこち》が良くて、気持ちが落ち着くような気がした。

りっくんありがとう。ごめんね。

私は本当に、助けられてばっかりだね……。

私がようやく泣き終えて冷静さを取り戻したころには、辺りはもうだいぶ暗くなっていた。

なんだろう。さんざん泣いてスッキリしたのか、さっきより心がだいぶ軽くなったような気がする。

りっくんは私が泣いている間、ずっと背中を優しくさすってくれていて、なんだかまるで私が子どもでりっくんがパパになったみたいだった。

顔を上げた瞬間、彼に「落ち着いた？」って言われた時は、思わずちょっと恥ずかしくなってしまったけれど。

だって、ずっとりっくんにくっついていたわけだからね。

でも、彼にならなら私は、自分の弱さを見せられるような気がするんだ。

「……私ね、やっぱりいまだに昔のことで落ち込んで、クヨクヨしちゃう時があるんだ」

今日のことを振り返るかのように、ぽつりぽつりと話し始める。

「三年も経ったのに、いまだに忘れられなくて。結局、全然立ち直れてないんだなって……。いいかげん前を向かなくちゃって思うのに、ふとした瞬間に悲しい気持ちが押し寄せてくるの」

私がしんみりとした顔で語るのを、りっくんは静かに黙って聞いてくれた。

前にもこうやって彼に打ち明けたことがあるんだ。

「いつになったら乗り越えられるんだろうって、時々途方《とほう》に暮れちゃう」

私が困った顔で笑いながら言うと、ふぅっと白い息を吐きだすりっくん。

「……そっか。まぁ、俺はお前と同じ経験したことないから、わかんない部分もあると思うけど、辛いのはやっぱ、ずっと辛いのかもな」

「うん……」

「でもさ、べつに、忘れられなくてもいいんじゃん？」

「えっ？」

りっくんが急にこちらを向いて、私の目をじっと見る。

「元カレはもういないわけだけどさ、ゆずとか、関わった人たちの記憶の中では生きてるわけじゃん。覚えてる人がいるから、その存在が生き続けられるんじゃないかと俺は思うよ」

「りっくん……」

なにそれ。私、そんなふうに考えたことなかった。

でも、言われてみればそのとおりかもしれない。

「だからべつに思い出とかそういうのは、忘れようとか思わなくてもいいし、乗り越えようとか焦らなくてもいいよ」

「……そっか。そうだよね」

「俺がその元カレだったら、お前にはなるべく笑っていてほしいって思うけどな。天国から見てるかもしんねぇぞ。『あ、また泣いてる』って」

りっくんにそう言われて、思わずまた目に涙がにじんでくる。

同時に、涼ちゃんに昔言われた言葉を思い出した。

『俺、柚月の笑った顔が好き』

そうだ。涼ちゃんはいつもそう言ってくれていたんだ。

なのに私は泣いてばっかりで……ダメだよね。

「……っ。そう、かな……？」

涙目で問いかける私に、りっくんが優しく微笑《ほほえ》む。

「うん。絶対にお前の幸せ、願ってると思うよ」

そんなふうに言われたらもう、泣くしかなかった。

涙がまたどんどんあふれだして、ポロポロとこぼれ落ちてくる。

「っ、うん……。そうだね。ありがとうっ……」

再び泣きじゃくり始めた私の頭を、りっくんがそっと撫《な》でてくれる。

りっくんの言うとおり、涼ちゃんならたしかにそう思うだろうって思った。

もし彼が天国から私のことを見てくれているのなら、こんなに泣いてばかりじゃきっと悲しむよね。

私が笑顔でいたら、涼ちゃんも喜んでくれるのかな。

忘れなきゃ、乗り越えなきゃと必死でもがいていたけれど、りっくんが忘れなくていいよって言ってくれて、少しだけ気持ちが楽になった。

ありがとう。本当に。
りっくんがとなりにいてくれて良かった。
なんだか私、少しだけ、前に進めそうな気がするよ……。

＊ゆずと俺【side 梨月】

「ねぇりっくん、この問題も教えてもらっていい？」

「……また？　どれ、見せて」

ある日の放課後、ゆずが俺の部屋に来た。

いつもどおりふたりで宿題をやって、ゆずの苦手《にがて》な数学を俺が教える。

「この問四なんだけど」

「ああ、これはな……」

べつにこれは、恋人のフリをしてるからとかじゃなくて、友達として一緒に勉強してるだけ。

元から俺たちは、こんなふうに互いの家を行き来する仲だった。

放課後一緒に帰る流れで、たまに俺の家に寄ってふたりで宿題をしたり、借りてきたDVDを見たり。

気が付いたらいつの間にかそんな関係が出来上がっていた。

ゆずとは気が合うから一緒にいて楽だし、お互いに気をつかわないし。

俺が女子でここまで仲良くなれたのは、たぶん彼女が初めてだと思う。

「うわー、すごい！　なるほど。りっくんの教え方って超わかりやすい！」

俺が問題の解《と》き方を教えてやると、ようやく理解できたのか、キラキラと目を輝かせる彼女。

ゆずはいちいちリアクションがデカい。表情がコロコロ変わるし。

「だろ。ったく、感謝しろよ」

なんて、めんどくさそうにしてるけど、内心まんざらでもない俺。

ゆずがさっきからとなりで「ねぇ、りっくん」なんて言いながら俺のカーディガンをつまんで引っ張ってくるのを、「またかよ」とかクールに言いながらも内心ではドキドキしてるのに、こいつは気付いてるんだろうか。

絶対に気付いてないだろうけど。

当たり前のように一緒にいて、当たり前のようにとなりに座って、当たり前のように触れ合ったりしている。

だけど、その関係はあくまで〝友達〟で、それ以外の何物でもない。

当たり前のようにひとりで俺の部屋にやってくる彼女は、たぶん俺のことを男としてなんて意識していないんだろうと思う。

ゆずにとって俺は、〝親友〟らしいし。

それでも俺は、こうして彼女のそばにいられることがうれしかった。

いつからか、誰よりも特別な存在になっていたんだ。

ずっとずっと、内に秘《ひ》めていた想い。

『俺が彼氏のフリ、してやろっか？』

あの時あんなことを口にしたのは、ただの思い付きなんかじゃない。

気まぐれでもない。べつに俺の女よけのためでもない。

……そう。俺は、ずっと彼女のことが好きだった。


ゆずと出会ったのは、一年生の時。

同じクラスでとにかく目立っていた彼女のことを、知らない奴は校内には誰もいなかった。

だって、今流行りの芸能人『春瀬ひまり』にそっくりだったから。

ゆずはそのせいで、入学早々《そうそう》注目されて、大勢の男たちから言い寄られていた。

俺はそれをはたから見ながら、当初は『ふーん』くらいにしか思ってなかったけど。

べつに関わりたいとも思わなかったし、興味がなかった。

もとから俺は女子とそんなに絡むほうではなかったし。

そんな感じで一学期の間はお互いにほとんど話したことがなかった。

だけど、二学期になって最初の席替えで、偶然にも俺は彼女ととなりの席になる。

『あっ、私、姫川柚月です。よろしくねっ。えっと、たしかリツキくん……だよね？』

はじめにゆずのほうから自己紹介された時、俺は無表情で冷たく返した。

『……はぁ、そうだけど』

『漢字、どうやって書くの？』

『は？　漢字？　なんで？』

『なんでって、気になるから！』

いきなり名前の漢字を聞かれてめんどくせぇとすら思ったたし。

『果物の梨に、ムーンの月だけど……』

仕方なく俺が答えたら、ゆずはなぜかうれしそうに笑った。

『ウソ〜っ！　一緒だ！　私もね、果物の柚に月で柚月なんだよ！　なんか名前似てるよね!?』

『……だから？』

しかも、若干《じゃっかん》馴れ馴れしい。声デカいし。

『……っ。え、だから……うれしいなぁって』

『あ、そう』

その時の俺はかなり感じ悪かったと思う。

それでもゆずは、そんな俺のことを苦手だとは思わなかったらしい。

その後も授業中とか、休み時間とか、たびたび向こうから話しかけてきた。

『梨月くん、教科書忘れたから見せてもらっていい？』

『梨月くん、このチョコおいしいよ。一個食べる？』

自分で言うのもなんだが、当時から女子によく告白されたりキャーキャー言われていた俺は、馴れ馴れしい女が大嫌いだったから、ゆずのことも最初ウザいと思っていた。

だけど、彼女はどうもほかの女子と違って俺に対して下心《したごころ》はないらしく、話しているうちにそれがわかってきたので、だんだんと俺も警戒《けいかい》しなくなってきた。

それに、実際に話してみると、最初思っていたイメージとだいぶ違う。

男子並みに大食いだし、いちいちリアクションがデカいし、ノートのまとめ方とかいろいろと雑なとこも多いし……。

女の子らしい見た目のわりに、意外と男っぽいところがあるというか、サッパリした性格をしていた。

いつもニコニコ笑ってて、素直で、誰に対しても愛想がよくて、明るくて。

でも、その明るさはたまにウソくさいというか、不自然に感じることがあった。

よく見ると、常に周りに対して気をつかっている感じ。無理して明るくふるまおうとしている感じ。

時々なにか考え込んだような暗い表情をしてるし。

ほんとはこいつなにか裏があるんじゃねぇの？って思うくらいに。

俺は彼女が可愛いからとかじゃなくて、いつからかその不自然さが目に付くようになって、ゆずの存在をなにかと気にするようになっていた。

そんなある日、俺は偶然学校の中庭《なかにわ》で彼女が男子生徒に告白されている現場を目撃《もくげき》する。

相手はふたつ歳上の三年生で、イケメンでモテると噂の人気の先輩だった。

ゆずはその先輩の告白を、悩む間もなくソッコーで断る。

『ごめんなさい。お付き合いできません』

ペコンと頭を下げて答えている。

さすが、普段からモテているからか、これだけのイケメンに告られても迷いもしないらしい。

ゆずに振られた先輩は、驚いた表情で理由を問う。

『どうしてもダメかな？　俺のことタイプじゃない？』

『そういう意味じゃなくて……。ごめんなさい。私、誰とも付き合うつもりはないんです』

『なんで？』

『そ、それはまぁ……男の子が、苦手っていうか……』

そこで、〝男が苦手〟という言葉がゆずの口から出てきた時は驚いた。

正直彼女は男が苦手なようにはまったく見えなかったし。

断るために、とりあえずそう口にしただけなのかもしれないけど。

『だったら俺がその苦手、克服《こくふく》させてあげるよ』

すると、そんなゆずの発言をポジティブにとらえたらしい先輩が、片手でゆずの腕を掴み、顔をじっと覗き込んだ。

そして、もう片方の手を壁に着いて、いわゆる壁ドンみたいな体勢になって、まさにゆずは逃げられないような状態になってしまっていた。

『えっ、克服⁉』

『うん。俺が柚月ちゃんに恋を教えてあげるってこと』

なんて言いながらゆずの髪を触るこの男は、なにかのドラマに出てくる主人公のマネでもしてるんだろうか。

『べ、べつにいりませんっ！　大丈夫です！』

『なんで？　試しに付き合ってみればいいじゃん』

『え、ちょっ……いやっ！』

嫌がる彼女の手首を掴み、無理矢理壁に押し付ける先輩。

『なんでもさぁ、試してみないとわかんないよ？』

その様子はまるで、今にも無理矢理キスしそうな勢いだった。

さすがにこれを黙って見ているわけにはいかないと思った俺は、すぐさま近くに駆け寄る。

『……おい、ちょっと！』

俺がそう言ってとっさに先輩の腕を背後から掴みあげたら、そいつはギョッとしたように大声をあげた。

『うわっ！　なんだよお前！』

『梨月くん!?』

ゆずも驚いている様子。

『嫌がってんだから離してあげたら？　っていうか、振られてんのにしつこいっすよ』

俺としては、一応相手が先輩だから控《ひか》えめに言ったつもりだった。

『……なっ！』

だけどそいつはプライドが傷ついたのか、俺の言葉を聞くなり顔を真っ赤にして。

『うるせぇなぁ！　部外者は引っ込んでろ！』

なんて言って、いきなり俺の胸ぐらを掴んできた。

『一年生のくせに生意気な口ききやがって！　しかも、人の告白の盗《ぬす》み聞きとかふざけんじゃねぇよ！　殴《なぐ》られてぇのかてめぇ！』

俺は殴られそうになってビビったというよりは、さっきとはまるで違う先輩の態度に驚愕《きょうがく》する。

こいつ、二重人格《にじゅうじんかく》かよって。

だけどさすがに殴られるのはごめんだった。

『……いや、盗み聞きっていうか、たまたま見かけたんで。でも、俺を殴って困るのは先輩だと思いますよ』

『はぁ⁉』

『受験生は、人殴ったりしないほうがいいと思います』

結局また生意気な言い方しかできなかったけど。

俺が冷静な顔でそう返したら、先輩は悔しそうに手をプルプル震わせながら、殴ろうとする手を止めた。

かわりに胸ぐらを掴んでいた手を離すついでに、思いきりドンと突き飛ばされる。

『クソガキ‼　覚えとけよ！』

そのままそいつは捨て台詞《ぜりふ》を吐いてその場を去っていったので、俺はとりあえずホッとした。

それにしても、二度と関わりたくないタイプだなと思う。

なんであんな奴がモテるんだか意味がわからねぇ。みんな顔に騙されすぎだろ……。

すると、座り込む俺のもとにゆずが泣きそうな顔で駆け寄ってきて。

『梨月くん！』

彼女は俺に申しわけなく思ったのか、何度も何度も必死に謝ってきた。

『ご、ごめんね！　ほんとにごめんなさいっ！　私のせいで……。痛かったよね』

『いや、大丈夫だけど。姫川はなんもしてねぇし』

『でも、ありがとう……。うれしかった。助けてくれて』

正直さっきのはべつにゆずだから助けたというわけではなかったけれど、素直にお礼を言われて悪い気はしなかった。

『梨月くんて、優しいんだね』

なんて、はにかんだような顔で言われて、なんとも言えないむず痒《がゆ》い気持ちになる。

その笑顔はいつものわざとらしい表情とは違って、素《す》の彼女そのもののような気がした。

『いや、べつに……』

不覚にも、久しぶりに女子相手にドキッとしてしまった俺。

その件以来、ゆずは俺になついたかのように、ますます絡んでくるようになる。

そして、毎日のようにふたりで話しているうちに、俺は彼女といつの間にか仲良くなっていた。

女友達なんて、今までできたことなかったけど。

初めて仲良くしてみようと思った。もっと彼女のことを知りたいと思った。

正直に言えば、気になって仕方がなかった。

思えばこの時から俺は、もうすでにゆずのことが好きだったのかもしれない。

気が付いたら〝りっくん〟、〝ゆず〟なんて呼び合ったりして、周りに冷やかされるほど親《した》しくなっていて。

だけど、ゆずが俺を恋愛対象として意識している素振りはまるでなかったから、俺もなるべく意識しないようにしていた。

そんなある日、俺とゆずは初めてふたりきりで出かける約束をする。

たしか、お互いに好きだった小説が映画化されたから観《み》にいこうって話になって、となり駅の西口にある大きな時計の前で待ち合わせをしたんだ。

俺は遅くとも五分前にはその場に着こうと思って、余裕を持って家を出た。

駅には約束の時間より少し早めに着いていたと思う。

だけど、改札を出たところで、運悪く中学時代の知り合いにバッタリ会ってしまった。

大声でキャッキャと騒ぐ派手な女子の集団。

『キャーッ！　ウソっ！　あれ、梨月くんじゃない⁉』

『うわっ、ほんとだ！』

『ヤバい！　なんかさらにカッコ良くなってる～‼』

俺はそいつらのことがとにかく苦手だったので、無視してすぐに逃げるつもりだった。

だけど結局しつこくつきまとわれて、しまいには捕まってしまう。

『ねぇねぇ、ひとりでなにしてんの？』

『もしかしてデート⁉』

『ウソ、やだっ！　彼女いるの～？』

『……いねぇよ。デートじゃねぇし』

彼女とデートだとか思われたら面倒だから、もちろんすぐに否定したけれど、このままついてこられてゆずと待ち合わせてるのを見られたらどうしようと思い、一瞬焦った。

こいつらのことだから、絶対大騒ぎするに決まってるし。

『とにかく俺、行くから』

無理矢理振り切って、先を急ぐ。

『えーっ、待ってよ～！』

『どこ行くの～？』

『せっかく久しぶりに会ったんだから一緒に写真撮ってよ～』

それでもしつこく追いかけてくる奴らから逃げたくて、あえて待ち合わせ場所の時計があるほうとは反対の東口から出て遠回りをしたりしてたら、約束の時間を過ぎてしまっていた。

なんとか女子の集団から逃げられたのはいいが、時計の前に着いた瞬間、時刻を見てハッとする。

……ヤバい。俺、完全に遅刻だ。五分以上過ぎてるし。

ゆずはどこだろう。待たせたから謝らねぇと。

キョロキョロと辺りを見回し、ゆずの姿を探す。

そしたら彼女は私服《しふく》姿だったけれど、目立つからすぐに見つかった。

息を切らしながら駆け寄り、手に持ったスマホをじっと見つめる彼女の肩をポンと叩く。

『悪い！　待たせた』

そしたら彼女はビクッと肩を震わせ、スマホから顔を上げると、俺の顔を見るなり目を見開いて、大声をあげた。

『……りっくんっ‼』

その表情はなんだか心底ホッとしたかのような顔で、その目にはなぜか涙が浮かんでいた。

『ごめんな。実はさっき……』

俺が謝ろうとしたら、ゆずはいきなり俺の服をぎゅっと掴み、しがみついてくる。

『よ、良かったぁ〜っ！』

『え……？』

そのまま胸に顔をうずめられて、戸惑う俺。

『あぁっ、無事で、良かった……っ』

よく見ると、ゆずの細い体は震えていて、呼吸が荒くて、明らかに様子がおかしかった。

たしかに俺は遅れてきたけど、たったの五分くらいだし、そんなに心配されるほどの時間でもないような気がするけれど、彼女はよほど俺の安否《あんぴ》が心配だったんだろうか。

『いやあの、言いわけするつもりはないけど、さっきそこで中学の同級生に捕まって、逃げられなくなって……。待たせて悪かった。ごめんな』

一応遅れた理由を説明したら、ゆずは涙声で、何度も息を吸い込みながら、苦しそうに答えた。

『う……ん。いいの。良か……っ』

なんか、やっぱり様子が変だ。

『ゆず？』

『……っ、はぁ、はぁ』

心配になって、もう一度じっと見下ろしてみると、どうやら彼女は過呼吸《かこきゅう》を起こしているみたいだった。

『おい、大丈夫か？』

『だ、だいじょ……うぶっ』

俺は焦ってとりあえずどこか座れるところに行こうと思い、すぐ近くにあったベンチまでゆずを連れていった。

となりに座り、彼女が落ち着くまで、そっと背中をさすってやる。

しばらくすると、ゆずはようやく呼吸が整ったようだったので、ホッとした。

『どう？　もう平気？』

『あ、うん』

あらためて遅刻したことを申しわけなく思う。

『ごめんな。なんか、俺が遅刻したせいで……』

だけどゆずはそんな俺の言葉を遮るようにして、自分も謝ってきた。

『ち、違うのっ！　りっくんはなにも悪くないよっ。あんなの遅刻のうちに入らないし！　ただ、私が……おかしいの。迷惑かけちゃって、ごめんね』

『いや、迷惑なんて』

『ビックリ、したでしょ……？』

気まずそうな顔でそう言われて、なんて答えようか迷ったけれど、ウソをつくのも変だなと思い、静かにうなずく。

『いや……うん、まぁ。でもべつに、おかしいとか思ってないし』

『ごめん、ほんとに。正直、りっくん引いたかなって思ったもん』

『引くわけねぇだろ』

『わ、私ね、実は……待ち合わせが、ダメで……』

恐る恐る語り始めた彼女。

『相手が遅れてきたりすると、さっきみたいにパニックになっちゃうことがあるの。む、昔ね……待ち合わせてた人が、来なくて……』

『えっ？』

『そのまま、二度と会えなくなっちゃったから……』

突然のカミングアウトに息をのむ俺。

ゆずの声は震えていて、いろいろ思い出してしまったのか、またしても泣きそうな顔になっていた。

『そ、その人……初めての彼氏、だったんだ……』

『え……』

『デートで待ち合わせした日に、来る途中、交通事故で亡くなって……っ』

そこまで話すとゆずは我慢ができなくなったのか、ポロポロと涙をこぼしながら泣き始めた。

『うぅっ……。だから私、それ以来誰とも付き合うことができないの。恋愛するの、怖くて……っ』

『……』

『いつかまた、突然いなくなってしまうんじゃないかって……』

『そう……だったんだ』

その時、俺は初めて理解した。

彼女があらゆる相手からの告白を全部断っている本当の理由。

そして、時々見せる悲しそうな表情や、不自然な笑顔の理由。

バラバラだった点と点が、糸で繋がったような気がして。

その裏にはこんな悲しい経験があったんだと思ったら、ひどく胸が苦しくなった。

それなのに、ずっとこいつは人前で自分の弱さを見せないように我慢してきたんだ。

それって結構しんどかっただろうなって。

いつも明るい彼女が初めて俺に見せた弱さ。抱《かか》えていた苦しみ。

それを知った時、俺の中にはある感情が芽生《めば》えていた。

〝支えてやりたい〟。そんな気持ち。

『い、いきなりこんな話して、ごめんねっ……。誰にも言わないで』

ゆずが涙を拭《ぬぐ》いながらまた謝ってくる。

『いや、大丈夫。誰にも言わねぇし。言いづらいこと話してくれてありがと』

俺がそう言ったら、彼女はまた泣きそうな声で目を潤ませながら答えた。

『こちらこそ、聞いてくれてありがとう。なんかちょっと、救われた……』

それを聞いて、とくに俺はなにをしたわけでもないけれど、少しでも彼女の気持ちが楽になったのなら良かったなと、心から思った。

同時にこんなことを打ち明けてくれるくらいに、彼女が俺に心を許してくれるようになったことが、なんだかうれしくて。

もっと彼女のことを知りたい。そしてもっと、彼女が心から笑った顔が見たい。

俺が、彼女を笑顔にしたい。

そんなことを思うようになった。

もちろん、ゆずがその元カレのことを忘れられないのはわかっていた。

それでも自分が好きになる気持ちは、止められなかった。

一緒に過ごす時間が増えれば増えるほど、俺の中で彼女は特別な存在になっていった。

同じようにゆずにとって俺もそうなってくれればいいな、なんて思ってたけど。

ゆずが昔のことを思い出して泣いているのを見て、やっぱりまだ元カレのことが好きなんだろうなと思ったら、仕方ないとは思いつつも苦しかった。

けど、それ以上にゆずが辛い思いをしているのが辛かった。

俺にできることなんて、なにもないのかもしれない。

辛い時そばにいたり、話を聞いてやることくらいしかできないのかもしれない。

時々、俺がどんなに一緒にいたところで、元カレにはきっとかなわないんだろうなとか、そんなふうに思ってしまうこともある。

ゆずとは友達以上にはなれないのかもしれない。〝親友〟止まりなのかもしれない。

それでも俺は、ゆずのそばにいたい。

一番近くで彼女のことを見ていたい。俺が支えたい。

そう思うんだ。

だから、思わずあの時〝恋人のフリ〟なんていう提案をしてしまった。

少しでも、ゆずの特別になりたくて。

まさか、彼女がそれをＯＫするとは思ってもみなかったけれど。


「あー、やっと終わった〜！」

宿題を無事終えると、ゆずが両手を上げて伸びをしながら後ろにある俺のベッドにもたれかかる。

そんな彼女の頭をポンポンと叩く俺。

「おつかれ」

「疲れたー。思いっきり頭使ったらなんかお腹すいたね」

「お前は頭使わなくても、いつも腹減ってんだろ」

「う……っ。まぁね」

「さっき買ったお菓子、食べる？」

そう言って、うちに来る前に寄ったコンビニの袋を取り出す。

すると、ゆずは急にまた目をキラキラと輝かせて大声をあげた。

「食べるっ!!」

食い物のことになると急に元気になるところは相変わらずで、笑ってしまう。

「柚子胡椒《こしょう》ポテトチップスといちごポッキーあるけど、どっちがいい?」

「どっちも!」

「そう言うと思った」

呆れたように笑いながらお菓子の袋を開け、テーブルの上に広げる俺。

その瞬間、すかさずゆずが手を伸ばしてきて、ポテチを一枚つまんだ。

「いただきまーす!」

ニコニコしながらおいしそうに食べる姿は実に幸せそうで、子どもみたいだ。

「あーおいしい! これ、柚子胡椒の味がきいてる!」

「お前、ほんと柚子好きだよな」

「うん、好き! りっくんも梨は嫌いだけど、柚子は好きなんでしょ?」

そう言われて、『好きなのはそっちの柚子じゃなくてお前だよ』とか思わず言って
やりたくなったけど、言うわけない。

「……うん。好き」

うなずきながら、自分もポテチを一枚口に運ぶ。

食べてみるとたしかにそれは、コンビニのオリジナル商品のわりに、しっかりと味

が付いていておいしかった。

「ほんとだ。すげぇ柚子胡椒の味するわ」

「でしょ？」

ゆずはさらにいちごポッキーにも手を伸ばす。

「ねぇ、このいちごポッキー、期間限定の〝野いちご味〟なんだって」

「へぇ。普通のとなにが違うわけ」

「うーん、もっと甘酸《あまず》っぱい味とか？　食べてみればわかるよ、きっと！」

そう言ってさっそくポッキーを一本口にする彼女。

「どう？　違いわかった？」

「……ん？　待って。わかんないかも。もう一本」

「ぷっ。わかんねぇのかよ」

苦笑《にがわら》いする俺。

彼女は困ったような顔をしながらポッキーをもう一本口にくわえる。

その表情はさっき勉強していた時よりも、もっと一生懸命考えているような顔だ。

そんなゆずがなんだか可愛くて、俺の中でふいにイタズラ心が顔を出す。

「なぁ、ゆず」

「ん？」

声をかけると、ポッキーをくわえたまま、こっちを向く彼女。

俺はその瞬間、すかさずそのポッキーを反対側からぱくっとひと口食べた。

一瞬だけ顔と顔が触れそうなほどに近づいて、自分の心臓がドキッと跳ねたのがわかる。

「……っ⁉」

同時にゆずがめちゃくちゃビックリした顔をしてたけど。

「あー、うん。俺も味わかんねぇわ」

なんて、チョコが付いた部分はほとんど食べていないのに、適当なことを言う俺。

平気な顔でやってみせたけど、実は心臓バクバクだ。

そんな俺をギョッとした顔で見つめながら、うろたえるゆず。

「……ちょっ！　えっ⁉　りっくん、なにやってんの⁉」

顔を真っ赤にさせながら口もとを押さえる姿は、どう見ても照れているようにしか見えない。

「味見。なに、ドキッとした？」

わざとらしく聞いたら、さらに困ったような顔になる彼女。

「なっ……」

なんだよその顔。すげぇ可愛いんだけど。

「し、心臓に悪いよっ！」

そんなふうに答えるゆずは、俺のことをちょっとくらいは意識してくれてるんだろうか。

今のは、ゆずも俺と同じようにドキドキしたと思っていいの？

「たまには、恋人っぽいことしてみようかと思って」

俺がイタズラっぽくそう口にすると、ゆずは戸惑った顔のままこちらを見上げる。

「恋人って、ここ、学校じゃないのに？」

「うん。ダメ？」

「えっ。いや、ダメっていうか……」

なに赤くなってんだよ。こっちが照れるだろ。

恥ずかしい空気に耐えられなくなった俺は、ゆずの頭を右手でくしゃくしゃとかき乱した。

「バーカ」

「ひゃあっ、ちょっと！」

でもたぶん、俺のほうがさっきから何倍もドキドキしてる。

いつかゆずも、同じくらい俺にドキドキすればいいのに。

俺のことで頭いっぱいになればいいのに。

でも、今はただこうして一緒にいられる時間が幸せだから、このままでいいかなんて思ったりもする。

届かない想いかもしれないとは知りつつも、やっぱり俺はゆずが好きだから。

だから今日も俺は、彼女のとなりにいる。

第二章

＊修学旅行で宣戦布告

「わぁぁ、ついに着いた！　沖縄！」

「着陸前に窓から海見えたよね！」

「めんそーれって書いてあるよ！」

今日は待ちに待った沖縄修学旅行初日。

早朝に羽田《はねだ》空港を出発して、二時間半ほど飛行機に揺られたのち、到着した那覇《なは》空港。その瞬間から沸《わ》き立つ生徒たち。

今日から始まる三泊四日の旅に、みんなが胸を弾《はず》ませていた。

もちろん、私も朝からずっとワクワクが止まらない。

だって沖縄と言えば、海がとっても綺麗だし、観光地もたくさんだし、なによりおいしそうなグルメがいっぱいあるし。

さっき飛行機の窓からチラッと見えたエメラルドグリーンの海は本当に美しくて、同じ日本だとは思えないくらいだった。

まるで異国《いこく》にでも来たような気分。楽しみだなぁ。

「あぁ、なに食べようかな。とりあえず沖縄そばでしょ、タコライスでしょ、ちんすこうはお土産《みやげ》に買うとして……」

キャリーバッグを片手に、食べ物の名前をブツブツ言いながら指折《ゆびお》り数える私の頭を、後ろからポンと誰かが叩いてくる。

「またお前は食い物のことばっかり」

「わっ」

顔を見なくても、その口調と声ですぐにわかった。

「やっぱり〜！ りっくんだ！」

振り返るとそこには、いつものように呆れた顔をする彼の姿。

羽田空港でもチラッと見かけたけれど、私服だから、なんかちょっと雰囲気が違って新鮮だ。

いつにも増してイケメンオーラがただよっているような……。

りっくんに限らず、今日は修学旅行だから全員私服で来てるんだけど、普段見慣れている制服姿とは違うから、みんないつもと違って見える。

普段はおとなしそうな人が、意外と派手な格好をしていたり、逆に目立つタイプの人の私服姿が意外と地味《じみ》で驚いたり。

それをただ観察《かんさつ》しているだけでも楽しくて、朝から琴子とふたり、周りを見ながらずっと盛り上がっていた。

「だって、旅行と言えばグルメでしょ！」

「沖縄と言えば海だろ」

「いや、海はもちろんだけど、せっかく来たからここでしか食べられないものを食べようと思って。いろいろと考えてたんだよ」

「べつにいいけど……沖縄に来てまでそんなふうに食い物のことばっか考えてんの、お前だけじゃね」

「なっ！　そんなことないよっ！」

バカにしたように笑うりっくんを、ムッとした顔でにらみつける。

まったくこの人は、いつもこうやってからかってくるんだから。

そしたらその様子をとなりで見ていた玲二くんが、笑いながら突っ込んできた。

「あははっ！　ほんとお前らの会話、色気ねぇな〜」

彼を見ると、まるでホストの私服みたいなチャラい格好してるし、今日は腕にブレスレットがいつもより多くついてる気がするし、いつにも増して派手。気合が入ってる感じ。

「カレカノらしくもっとイチャイチャすればいいのに〜。なぁ？　琴ちゃん」

ニヤニヤした顔で玲二くんに問いかけられて、深くうなずく琴子。

「ふふ、たしかにね～。私もふたりのイチャイチャもっと見たいかも」

そんな玲二くんと琴子に向かって、りっくんが思いきり顔をしかめる。

「お前ら、完全に面白がってんだろ」

たしかに、私たちの事情を知ってるふたりなだけに、面白がってるとしか思えないよね。

「もっとちゃんとゆずちゃんのこと掴まえとかないと、ほかの男に狙《ねら》われちゃうよ～？」

玲二くんがそう言いながら腕を伸ばし、りっくんの肩を抱く。

するとりっくんはますます困ったように顔をしかめ、ボソッと呟いた。

「……っ、うるせぇな。ほっとけ」

「あーあ、まったく。梨月ったら照れちゃってさー、ダメだね。あ、てかゆずちゃんそのギンガムチェックのブラウス可愛いね～、めっちゃ似合ってる！」

玲二くんは今度は私の買ったばかりの新品のブラウスをほめてくれる。

こういうところがさすがチャラ男。女の子をほめるのが本当にうまいんだ。

りっくんとは正反対のタイプだよなぁ。

「え、ほんと？　ありがとう！　私も気に入ってるんだ」

「いいね～、超俺好《ごの》み。俺、女の子のこういう格好が好きなんだよねー」

そのまま私の肩にポンと手を乗せてくる玲二くん。こういうスキンシップも慣れたもの。

そしたらすかさずりっくんが玲二くんの手を掴み、その手を私の肩から乱暴にどかした。

「お前の好みは聞いてねぇよ」

「おっと！　なになに〜梨月、もしかして怒ってんの？」

「はっ？」

「イチャイチャはしないくせに〜、こういうのは妬いちゃうんだ、彼氏さん。いいねぇ〜、独占欲《どくせんよく》ってやつ？」

「……っ、なんでだよ！　べつに妬いてねぇし！」

「あははは っ」

それを聞いてなぜか大笑いする琴子。

りっくんが妬いてる？　まさか。

私はなんだか妙に恥ずかしい気持ちになってしまったけれど、いつものにぎやかな光景《こうけい》を見て、ますます旅行が楽しみになった。

「キャーッ!!」

すると、その時急に向こう側から甲高《かん》い叫び声が聞こえてきて。

ハッとして目をやると、そこにはうちの学校の女子生徒たちが大勢集まって、誰かを取り囲んでいるようだった。

そのハーレムの中心にいるのは、すらっと背が高くてスタイルのいいイケメン男子。

えっと……見たことあるけど名前が出てこない。誰だっけ？

「咲夜《さくや》く～んっ！　こっち向いて～」

「きゃあぁっ！　でた！　咲夜スマイル！」

「ステキ～ッ！」

まるでアイドルばりの人気っぷり。もうひとりのりっくんみたいだなぁ。

なんて思いながら見ていたら、となりで琴子が感心したような顔で呟いた。

「あれって、噂の読《どく》モ男子、咲夜くんだよね？　さすが、私服オシャレ～」

「えっ？」

今、なんて言った？　読モ？

有名な人なの？

「読モって……あの人が？」

「そうだよ。知らない？　三組の桐原《きりはら》咲夜くん。雑誌『スマートボーイフレンド』の読モやってて、最近人気急上昇中みたいでさ。いつも女子に騒がれてるじゃん」

それを聞いて、言われてみればいつも女子に囲まれてる人だなと思い出した。

あまり面識《めんしき》がないし、興味もないからよく知らなかったけど、彼は読者モデルをやってるのか。

どうりでオシャレだし、あんなに人気があるわけね。

「そうなんだ。なんかまるで芸能人だね」

「ナルシストって噂だけどね～。修学旅行とか、ますますどこ行くにも騒がれて大変だよね」

「た、たしかに。有名人は大変だね」

他人事のように呟いたら、急に私の目をじっと見る琴子。

「柚月も負けてないとは思うけどね」

「……えっ！　なんで？」

「だって、うちの学年で柚月のこと知らない人なんていないと思うし」

「そ、そんなことないよっ！　私はそこまで有名じゃないからっ」

「じゅうぶん有名だよ～」

「いやいや、それを言うならりっくんだって……！」

そう言って後ろを振り返る。

すると、そこにはもうりっくんと玲二くんの姿はなくて、いつの間にかさっさと先に行ってしまったようだった。

「あれ？　そういえば梨月くんたちは？」

「先に出口まで行っちゃったみたいだね」

「早っ！」

でも、このあと空港を出たらさっそくバスに乗っていろいろな場所を見学に行くことになってるから、私たちも急がなくちゃ。

「ごめん、ちょっと私トイレ行ってくる！　琴子、先に行ってて！」

私はトイレに寄ってからバスのほうへ行こうと思い、琴子にそう告げるとダッシュでトイレまで向かった。

女子トイレは少し行列《ぎょうれつ》ができていたので待たされたけれど、その行列のほとんどがうちの学校の生徒で、みんなついでに洗面台でメイク直しをしたりしていた。

無事に用をすませ外に出ると、さっきより人の気配《けはい》が少なくて焦る。

みんなもう集合してるかな。急げ。

そう思って小走りで進んでいくと、ふと目の前に見覚えのある人物の姿を発見。

なんと、先ほども見かけた噂の読者モデルの咲夜くんがひとりでいて、なにやらひどく困った表情で立ち止まっていた。

近くで見ると、たしかにオーラがあるというか、キラキラと眩しい。

「うっわ、マジかよ～！」

スマホを片手にひとりごとを呟く彼。

一体どうしたんだろう。

「終わった。最悪……」

そう言いながら今度はキャリーバッグに顔を突っ伏《ぷ》すようにしてしゃがみ込む。

その様子があまりにも落ち込んでいるみたいだったので、ちょっと心配になった。

大丈夫かな？　なにかトラブルでも？

気になって恐る恐る声をかけてみる。

「……あのーっ、大丈夫ですか？」

「えっ？」

すると、彼はハッとした様子で、すぐにこちらを振り返った。

「あ、いや、ごめん。なにか困ってるのかなーって思って」

私がいきなり話しかけたものだから少しビックリした顔をしてたけど、すぐさま立ち上がる咲夜くん。

そして、手に持ったスマホの画面をこちらに見せてきた。

「あー、実は……スマホの電池が今切れて」

「え、もう切れたの？」

まだ沖縄に着いたばっかりなのに。

「そう。最悪じゃね？　俺のスマホもう古くてさ、最近電池すぐなくなるんだよね。SNSチェックしてる場合じゃなかったー」

「あら」

なるほど。電池切れか。そりゃショックだ。

「せっかく沖縄来たのに、今日これから写真も撮れないのかと思うと、絶望《ぜつぼう》すんじゃん」

そう言われてふと気が付く。

ってことは、充電《じゅうでん》する道具持ってないのかな？

「えっと、モバイルバッテリーは？」

「それがさー、持ってくんの忘れて。充電器は持ってきたけど」

「ウソっ！　じゃあ良かったら、私の使う？」

すかさずリュックから、自分のモバイルバッテリーを取り出す。

持ち物リストには載ってなかったけど、念のため準備しておいてよかった。フル充電してあるし。

「はい、どうぞ」

手渡すと、咲夜くんは瞬時に目をキラキラと輝かせた。

「えぇっ、マジ⁉　いいの？」

「いいよいいよ。私まだ充電たっぷりあるし、どうぞ」

「マジかよ～！　すっげぇ助かる！　マジ女神！」

大げさに喜びながらモバイルバッテリーを受け取る彼を見て、ちょっと笑ってしまう。

ナルシストって噂だし、雑誌に載っちゃうような有名人だから、もっとお高くとまってるのかと思ってたけど、そんなことはないみたい。フレンドリーな感じだし。

まぁ、彼みたいに読モとかやってる人は、常時《じょうじ》SNSチェックしたりアップしてそうだし、スマホを使えないなんて死活《しかつ》問題なんだろうなぁ。

「いえいえ。あとで返してもらえれば」

「おう、充電終わったらすぐ返す。えっと、たしか君、一組の姫川さんだよね？」

「え？　あ、はい」

あれ？　私の名前知ってるんだ。

「知っててくれたの？」

「もちろん。だって、春瀬ひまりちゃんにそっくりって噂になってるし、姫川さんのこと知らない人なんて、うちの学年にはいないと思うぜ？」

そう言われて、さっき琴子にも同じようなことを言われたなって思った。

私、そんなにみんなから知られていたなんて。

うれしいような、あまりうれしくないような……。

「俺は桐原咲夜。咲夜でいいよ。ちなみに姫川さん、下の名前は？」

「えっと、柚月だよ」

「へぇー、柚月っていうんだ。可愛い名前だね」

「あ、ありがとう」

「それじゃ柚月、よろしくね」

咲夜くんはそう言って、さっそく私を呼び捨てにしたかと思うと、頭にポンと手を乗せてくる。同時にふわっと香水《こうすい》の香りが鼻をかすめる。

そしてそのままニコッと笑うと、「じゃあね～」なんて手を振りながら、彼は機嫌良さそうに去っていった。

……なんだろう。なんか、友達になっちゃった？

あの咲夜くんとこんな形で知り合うとは思ってもみなかった。意外とフレンドリーで話しやすい人なんだな。

でも、困ってたみたいだったから、助けになれてよかった。

たいしたことはしてないけど、彼がすごく感謝してくれたので、なんだかとてもいいことをしたような気になって、自分でも気分が良かった。

その後、空港を出た私たちは、最初の見学先であるひめゆりの塔《とう》に向かうべくバスに乗り込んだ。

空港の外はとても十一月とは思えないほどの暖かさで、さすが沖縄といった感じ。バスには今回の旅行を案内してくれるバスガイドさんが一緒に乗っていて、沖縄の気候や文化などについて詳しく語ってくれた。

ひめゆりの塔に無事到着後は、資料館《しりょうかん》を見学したり、戦争についての講話《こうわ》を聞いたのち、さらにバスに乗って今日の宿泊先のホテルへ。

ちなみに今回の旅行、日によって泊まるところが違って、今日泊まるこのホテルは、よく学生が合宿とかで利用しそうな大部屋がたくさんあるタイプの建物《たてもの》。

男子も女子も、それぞれ五、六人で一部屋に泊まるので、夜みんなでワイワイおしゃべりできるのが楽しみだった。

ホテルのロビーにて先生から宿泊についての説明や注意を聞いたあとは、琴子とふたりで荷物を持って自分たちの部屋に向かう。

「うちらって、二〇七号室だよね？」

「うん、そうだよ」

琴子とは運よく同じ部屋になれたので、とても心強い。

「どんな部屋なのかな〜、楽しみだね」

「ねっ、楽しみ！」

すると、そんな時すぐ後ろから誰かにポンと肩を叩かれ、名前を呼ばれた。

「ゆーずきっ！」

あれ？　この声は、たしか……。

振り返るとそこには、キラキラの笑顔を浮かべるあの人物の姿が。

「あ、咲夜くん」

さっそくまた会っちゃった。

「これ、ありがとね。超助かった」

咲夜くんはリュックから私のモバイルバッテリーを取り出すと、手渡してくれる。

「いえいえ、どういたしまして。充電できた？」

「うん、バッチリ。おかげさまで」

「ほんと？　良かったー」

私が笑顔で答えると、彼はさらにまたなにかを探すようにリュックに手を突っ込んだ。

そして、可愛らしい小さな箱を取り出すと、それをこちらに差し出して。

「それでさ、これお礼なんだけど、良かったら食べて」

「えっ、お礼？」

「うん。マカロンなんだけど」

言われてその箱をじっと見てみると、なんとそれは、テレビやＳＮＳで今話題の超人気スイーツ店のマカロンで、一瞬ギョッとする。

ウソでしょ……。どうしてこんなものを。

このマカロン、すぐに売り切れちゃうから入手困難《にゅうしゅこんなん》だって噂なのに。

「え～っ！　ちょっと、これって……今超人気のやつじゃんっ‼」

思わず大声が出てしまう。

「いやぁ、なんかこれ、この前、撮影の時に差し入れでもらってさ。バスで食べようかなーなんて思って持ってきたんだけど、やっぱり柚月にあげるよ」

「えっ！　でも、こんな高級なもの……」

いやいや、正直めちゃくちゃうれしいし、食べたいのは山々だけど……タダでもらったら悪いよね。さすがに。

だけど遠慮する私に咲夜くんは、笑顔で箱を押し付ける。

「いいのいいの！　だって俺、柚月のおかげで超助かったし。これはほんの気持ちだから。それとも、甘いもの好きじゃなかった？」

しまいには顔をじっと近づけられ、そんなふうに聞かれて。甘いもの大好きな私は、もちろん否定なんてできなかった。

「す……好きっ‼」

思わずドヤ顔で答えたら、咲夜くんがクスッと笑う。

「あははっ！　なにそのリアクション。可愛いなぁ～。良かった。じゃあもらってよ」

「うん。それじゃお言葉に甘えて……。ありがとう！」

「いえいえ、こちらこそほんとにありがとね」

そのまま私の頭にポンと手を乗せ、よしよしと撫でてくる咲夜くん。

相変わらずフレンドリー。というか、人懐《なつ》っこい？

そんな私たちの様子を、となりで琴子が黙ったまま唖然《あぜん》としたような顔で見ている。

でも私はそれよりもなによりも、入手困難な超高級マカロンをもらえたことがうれしくてたまらなくて。

うっとりしながらその箱を見つめていたら、急に横から誰かに腕をグイっと引っ張られた。

「おい、ゆず」

その低い声にハッとして振り向くと、そこにいたのはやっぱりりっくんで。

なぜだかものすごく怖い顔をしてる。

どうしたんだろう……。

「あっ、りっくん！」

「なにしてんだよ。早く行くぞ」

「え？　う、うん」

りっくんはそのまま私の腕を引っ張ると、その場から連れ去るかのようにスタスタと歩き始める。

「……おっと！」

すると咲夜くんが一緒についてきて、突然私たちふたりの前に立ちはだかった。

そしてニコニコしながらりっくんに話しかける。

「ねぇ、もしかして、君が噂の柚月の彼氏？」

「……は？　そうだけど」

「ふ〜ん。知ってる知ってる〜。イケメンと名高《なだか》い桜井くんだよね」

なんて言いながら、りっくんのことを上から下までジロジロと観察する咲夜くん。

なんだろう。まるで品定《しなさだ》めでもしているかのよう。

「噂には聞いてたけど、たしかにカッコいいや〜」

その様子にはりっくんもかなり戸惑っていて、ただでさえしかめっ面《つら》だったのが、もっと険《けわ》しい顔に変わっていた。

「なんだよお前」

「えーっ、だって興味あるじゃん。あの誰とも付き合わないって噂されてた柚月のことを落としたのが、どんな男なのか」

「……っ」

「でも、ビジュアル的には納得かなー。中身はどんな人か知らないけどさ」

となりで聞いていて、なんだかそわそわしてしまう。

咲夜くんたら、なんでいきなりりっくんにまで絡んでくるのかな。

しかもなんか、さっきまでと少しキャラが変わってるような……。

「でもさぁ、ぶっちゃけ俺、彼氏持ちのほうが燃えるんだよね」

「はぁっ？」

「えっ？」

さらには突然意味深なことを言われて、ポカンとする私。

……燃える？　なにそれ？

するとりっくんがますます顔をしかめて、咲夜くんをキッとにらみつけた。

「どういう意味だよっ！」

「あははっ」

咲夜くんはなぜか面白がったように笑ってるし。

というか、なんでふたりは急に喧嘩《けんか》してるみたいになってるの？

「おーい！　咲夜～！　なにしてんだー？」

するとそこで、向こう側から咲夜くんを呼ぶ仲間の男子たちの声がして。

「おっと、いけね」

ハッとした彼は、すぐにまた営業スマイルのような爽《さわ》やかな笑みを浮かべると、ニコニコ手を振りながら仲間のいるほうへと走っていった。

「それじゃ、またね～！　柚月」

「あ、バイバイ」

反射的に手を振り返す私。

その手をすかさずパッとりっくんが掴む。

「……おい。なんだよアイツ」

低くて不機嫌な声にビクッとする。

「えっと、咲夜くんって人だよ。ほら、読モの……」

「知ってるよそれくらい。そういうことじゃなくて、お前いつからアイツと知り合いだったんだよ」

「えぇっ！　いや、知り合いっていうか……」

ついさっき知り合ったばっかなんだけど。

「しかもなんで柚月とか呼び捨てにされてんの」

「え〜っ、わかんないよ……」

なぜか責められているようで縮《ちぢ》こまる私。

なんでりっくんは、そんなに怒ってるのかな？

するとそこに、少し離れた場所で私たちの様子を見ていた琴子と玲二くんがササッと駆け寄ってきて、急に大騒ぎし始めた。

「ねぇちょっと！　なに今の！　柚月っていつの間にあの咲夜くんと仲良くなったの？」

「俺もビックリ〜。ずいぶん親しげな感じだったじゃん。頭ポンポンされてたよね？ゆずちゃん、いくら相手が超イケメン読モだからって浮気《うわき》しちゃダメだぜ〜？」

「いやいやいや！　待ってよ！　べつに仲良くなってないよ！　私はただ咲夜くんにモバイルバッテリーを貸したから、今それを返してもらっただけで……」

私が慌てて弁解《べんかい》すると、りっくんがムッとした顔で突っ込んでくる。

「なんでお前がアイツに貸してやる必要あんの？」

「だ、だって、なんかすごく困ってたから……」

「このお人よし」

ええっ。お人よしって、人助けしたらダメなの？

「でも、話したのは今日が初めてだよ」

「そのわりにはなんかすごく親しげだったよね？」

琴子が意外そうな顔で口をはさむ。

「そうかな？」

「うん。すごく気に入られてる感じだったよ」

「まさかー」

それはただ咲夜くんがフレンドリーだから、そう見えただけだと思うんだけど。

「もしかしてさぁ、ゆずちゃんロックオンされちゃったんじゃないのー？」

すると、玲二くんがニヤニヤした顔でポンポンと肩を叩いてくる。

そして今度はりっくんのほうを振り返って、こんなことを口にした。

「どうする？　梨月。このままじゃゆずちゃんのこと、あの読モにとられちゃうかもよ～？」

なっ、なにそれ。

「強力なライバル登場だね」

そんなふうに言う玲二くんは、正直面白がってるようにしか見えないけど。冗談だよね？

まったく、玲二くんっていつもこうなんだから。

「……っ、うるせぇ。あんな奴知るかよ。それよりさっさと部屋行くぞ」

りっくんはぶっきらぼうにそう答えると、荷物を持ってスタスタとひとりで先に歩き始める。

その様子はやっぱりとても不機嫌そうで、私はなんとも言えない煮え切らない気持ちになった。

なんだろう。せっかくの楽しい修学旅行なのになぁ。

なんか先行き不安に思えてきたのは、私だけ？


その後、それぞれ自分たちの部屋に行き、荷物を片付けたりとバタバタしていたら、あっという間にお待ちかねの夕飯タイムになった。みんなで大広間へと向かう。

しかも夕食はなんと、バイキングなのですべての料理が食べ放題だ。

ゴーヤチャンプルーやラフテーなどの沖縄の郷土料理《きょうどりょうり》をメインに、揚げ物から海の幸《さち》、そしてデザートまでたくさんの種類の料理がずらっと並べられていて、お腹がペコペコで今にもたおれそうだった私は、それを見た瞬間生き返ったかのように目をキラキラ輝かせながらはしゃいでいた。

「うっわ～！　なにこれ、すごい！　どれもおいしそうでなにから食べようか迷っちゃう！」

食事のテーブルはグループ行動のメンバーと一緒に座ることになっていたので、琴子やりっくんとも一緒の席だ。

さっそく皿を持って料理のコーナーへ行き、大好きな肉料理を片っ端《かたぱし》からお皿に盛り付けていたら、その後ろからりっくんがあわられて、私の皿を見ながら呆れたように呟いた。

「お前それ、盛りすぎ……」

「え、そう？」

「しかも肉ばっかじゃねーかよ。野菜もちょっとは食え」

りっくんはそう口にすると、すぐとなりのサラダコーナーにあったプチトマトを一個トングで掴んで私の皿に乗せてくる。

「わぁっ」

「もっとバランスよく盛れば？　お前の皿ほぼ茶色じゃん」

そう言うりっくんの皿は、まるで女子かのようにバランスよくカラフルに盛り付けられている。さすが。

「だって、肉が好きなんだもん。好きなものから食べるほうがいいじゃん」

「極端《きょくたん》なんだよお前は」

「いいのいいの！　もう、りっくんたら、なんかお母さんみたいだよねぇ」

私がそう言って笑うと、ムッと口をとがらせるりっくん。

「お母さんってなんだよ。俺は保護者《ほごしゃ》か」

「いやぁだって、ほんとに面倒見がいいなぁと思って」

「……………」

だけど、ほめたつもりの言葉なのに、りっくんはなぜかものすごく不服《ふふく》そうな顔。

しまいには、呆れたように深くため息をついて。

「……はぁ。そこまでお人よしじゃねぇよ。言っとくけど、俺はどうでもいい奴の面倒は見ねぇからな」

「えっ？」

どうでもいい奴？

「それに、保護者じゃなくて、一応俺はお前の……」

――ドンッ。

「きゃっ！」

「おっとごめん！」

するとその時、りっくんがなにか言いかけたところで、となりにいた誰かが私の肩にぶつかってきて。

私はまだ話の途中だったけれど、とっさにその人物のほうを振り返って頭を下げて謝った。

「あ、すみませんっ！」

ヤバい。私ったら全然周りを見てなかったよ。

恐る恐る顔を上げてみる。

そしたらそのぶつかった相手はなんと、偶然にもあの咲夜くんで。

「いえいえ～……って、誰かと思えば柚月じゃん！　また会ったね～」

「あれ？　咲夜くん⁉」

たしかに、今日はやたらよく会うなぁ、なんて思ってたら、咲夜くんは私の手に持った皿に目をやったかと思うと、一瞬目を丸くして驚いたような声をあげた。

「うっわー！　それにしても、ずいぶんたくさん盛ったね！」

「あ、これ？」

「うん。柚月って見た目のわりにたくさん食べるんだね」

そう言われて、この大食いっぷりは見た人からたまにドン引きされるけど、彼もまた引いたのかなぁなんて思う。

べつに今さら隠すつもりはないけどね。

「あはは、そうなの。食べるのが趣味だからね」

「へぇ～、いいじゃん！　俺、おいしそうにモリモリご飯食べる子好きだよ」

だけど、意外にも引かれなかったみたい。

そしたらどこからともなくチッと舌打《したう》ちをする音が聞こえてきて。

ハッとして振り返ったら、すぐ後ろでりっくんがものすごく不機嫌そうな顔で立っていた。

……あれ？　今舌打ちしたの、もしかしてりっくん？

そんな時、ポトッとなにかが床に落ちる音がして、急にポケットが軽くなった。

「……あっ！」

どうやらポケットに突っ込んであった私のスマホが落っこちたみたい。

「バカ、なにやってんだよ」

りっくんが呆れたように呟きながら私の頭をコツンと叩いてそのスマホを拾おうとする。

そしたらそこで、すかさず咲夜くんがパッとしゃがんで、りっくんが拾うよりも先にそのスマホを拾い上げた。

「はいどうぞ。柚月」

なんて、満面の笑みで手渡されて、それを受け取る私。

「あ、ありがとう」

「いいえ～。それより、大丈夫だった？」

「え？」

大丈夫って、なにが？

「君の彼氏、叩くなんてイジワルだよねぇ～。痛くなかった？」

「へっ？」

「はぁっ⁉」

思いがけないセリフにポカンとする。

りっくんもイラついたように眉をひそめる。

すると咲夜くんは「よしよし」なんて言いながら片手で私の頭を撫でてきて。

「え、いや、あの……っ」

べつに今のは叩いたうちにも入らない気がするんだけど……なんて思ってたら、今度は彼は急にぎゅっと私の肩を抱き寄せると、不敵な笑みを浮かべながらりっくんのほうをじっと見据《す》えた。

「桜井くん。大事にしないと、俺がもらっちゃうかもよー？」

「はっ？」

「えっ！」

……ちょっと待って。なにを言い出すんだろう。いきなり。

冗談だよね？

「ねぇ、柚月？」

そのままぐっと顔を近づけられて、どうしていいかわからずに固まる私。

咲夜くんの妖艶《ようえん》な視線がじりじりと私を追い詰める。同時にふわっと香水の香りが鼻をかすめて。

身動きがとれずにいたら、すかさずりっくんがそばに来て、咲夜くんの手を強引に私の肩からどかした。

「離せよっ、触んな！」

挑発《ちょうはつ》されてさすがに頭に来たのか、いつもより感情的になってるりっくん。思わずドキッとしてしまう。

そんな彼を見て、さらに挑発するような発言をする咲夜くん。

「おっと！　やだなぁ、そんなにピリピリしないでよ。やだよね〜、怒りっぽい彼氏なんて」

「……てめぇ」

「柚月、癒《いや》しが欲しくなったら、いつでも俺のこと呼んでね」

咲夜くんはそう言うと、私の手をぎゅっと握って耳もとに顔を寄せてくる。

「俺、本気だよ？」

「……っ」

私は戸惑いながらも、なにも言い返せない。

本気だなんて、咲夜くんは私のことをからかってるのかな?

そしたら彼はすぐに手をパッと離すと、ニコニコ笑みを浮かべ、手を振りながらその場を去っていった。

「じゃーねー!」

その瞬間思わずホッとしてしまう。

あーもう、なに今の。ビックリした。

そしたら横からりっくんがまたチッと舌打ちをするのが聞こえて。

「……おい。マジなんなんだよアイツ」

彼はやっぱり本気で怒ってるみたい。たしかに今のは嫌味《いやみ》っぽくて腹が立ったよね。

そもそもなんであんなに咲夜くんは、急にりっくんのことを敵視《てきし》してるんだろう。

「いや、わかんない……。ビックリしたね」

「お前もいちいち相手にしてんじゃねーよ」

「えっ、だって……」

今のは向こうが勝手に……。

「うっぜぇ」

りっくんはそう呟くといきなりまたトングを持って、先ほど綺麗に料理を盛り付けた皿の上に、大量の唐揚げをヤケクソっぽくドカンと盛る。

そしてそのままスタスタと自分の席へと帰っていった。

うわぁ、どうしよう……。

なんかまた、嫌な空気になっちゃった。

どうしてこんな展開になっちゃったんだろう。


料理を取ってテーブルに戻ると、琴子と玲二くんはなぜか席にいなくて、りっくんと浅井くん、そして穂香ちゃんが座って食べていた。

どうやら琴子たちは最初取った料理をすでに食べ終えて、追加でさらに取りにいったみたい。

浅井くんと穂香ちゃんはなぜか意気投合したかのようにふたりで盛り上がっていて、その横でりっくんがひとりムスッと不機嫌そうな顔で食べている。

私はなんとも言えない気まずい気分のまま、りっくんのとなりに座った。

ほんとは琴子のとなりに座る予定だったんだけど、さっき玲二くんがカップルはとなりに座れって言ったから、それを思い出して。

さっきの咲夜くんのことがなければ、こんな空気にはならなかったはずなんだけどな……。

とりあえず、お腹もすいてるし食べよう。

「い、いただきます……」

手を合わせたあと、黙々《もくもく》と無言のまま箸を進める私。

途中チラッと何度かりっくんのほうを確認してはみたけれど、彼は目を合わせようとしないし、話しかけてもこない。

やっぱりまだ機嫌悪いのかな。

大食いなうえに早食いな私は、あっという間にお皿の上の料理をほとんどたいらげてしまった。

おいしいからペロッと全部食べちゃったよ。

次はデザートでも取ってこようかな。それか、りっくんの言うとおり野菜もちゃんと食べたほうがいいだろうから、サラダでも取りにいこうかな。

そう思って立ち上がろうとした時だった。

「……なぁ、ゆず」

りっくんが急に話しかけてきて、ドキッとして再び椅子にぺたんと座る私。

「ん？　なに？」

「ずっと、思ってたことがあんだけど……」

なんだか言いづらそうに途切れ途切れに小声で話し出す彼。

「もっと、俺のこと好きっぽい態度とってくんない？」

「えっ……」

思いがけない発言に、一瞬固まってしまった。

「す、好きっぽい？」

どうしたんだろう急に。りっくんがまさかこんなことを言い出すなんて。

「うん。一応お前、今は俺の彼女ってことになってんだから」

「あ、うん……」

言われて自分の行動を振り返ってみると、たしかに自分の態度は友達のころのままで、なんにも変わっていなかったかもしれないなんて思う。

りっくんは結構がんばって彼氏としてふるまってくれていたのに。私ったらちゃんと彼女のフリできてなかったかも……。

「ご、ごめんね。そうだよね。気を付ける」

私が反省したように謝ると、りっくんはふいにこちらを振り返って。

「なんか、俺ばっかり好きみたいじゃん」

切なげに目を伏せながら放たれたその言葉に、思わず心臓がドキッと音を立てた。

「……えっ！」

なんだかまるで、りっくんがスネているみたい。

一体どういうつもりで言ってるのかな？

「だからあんな奴に目つけられるんだろ」

言われてそこですぐに思い浮かんだのは、もちろんあの咲夜くん。

たしかに、さっき彼に変なことを言われたんだった。

だけど正直あれは、チャラそうな彼の冗談としか思えないんだけどな。

「いや、あれはただふざけてるだけだよ。あんなの」

私が笑って軽く否定したら、りっくんはムスッとしてさらに顔を近づけてくる。

「本気だったらどうすんだよ」

「ま、まさか～。そんなわけ……」

「だいたいお前は隙《すき》がありすぎんだよ。マカロンもらったくらいでホイホイその気になってやがるし」

「なっ……！」

ちょっと待って。なんでマカロンをもらったこと知ってるのかな。

っていうか、ホイホイって、いつ私がその気になってたっていうの。

「べつに、その気になんてなってないよ！」

ムッとして言い返したら、さらに険しい顔で言い返してくるりっくん。

「なってるだろ。実はまんざらでもなさそうだしな」

「ちょっ、なにそれ！　そんなんじゃないから！」

勝手に決めないでよ〜！

「だってお前、そういう顔してただろ。アイツは人気読モでイケメンだから特別なのかよ」

急に言いがかりをつけられて、さすがにカチンと来た私。

「はぁっ⁉ なんなのそれ！ べつに私はっ……」

思わずガタンと椅子から立ち上がったら、ちょうどそこにタイミング良くなのか悪くなのか、玲二くんが山盛りのデザートが乗った皿を持って席に戻ってきた。

「わーちょっと！ なになに？ 急に夫婦《ふうふ》喧嘩勃発《ぼっぱつ》か？ どうしたー？」

だけど私はなんだかもうイライラしてしまって、これ以上りっくんと話しているのが嫌になってきて。

「もういいよっ！ ごちそうさまっ‼」

まだお腹いっぱいになってもいないのに、食器が乗ったトレーを持ち上げると、そのまま逃げるように返却口《へんきゃくぐち》へとダッシュした。

「えっ！ ちょっと、ゆずちゃん⁉」

後ろから聞こえる玲二くんの驚いた声。

だけどもう、いいや。知らないっ。

なんなの。りっくんったら勝手に人のこと決めつけて。

なんであんなに嫌味みたいなこと言われなくちゃいけないの。

本当の彼氏ならまだしも、そんなに怒らなくたっていいじゃん。

胸の奥がなんだかひどくモヤモヤして、苦しい。

せっかくの修学旅行なのに、りっくんと喧嘩みたいになっちゃった。

こんなはずじゃなかったのに……。

だけど、どうしても気持ちがおさまらなくて、私はテーブルへ引き返さずに、そのまま自分の部屋に戻ってしまった。

＊もうちょっと自覚して

「ねぇねぇ、付き合ったきっかけってなんだったの？」

「キャーッ！　そういうの聞きたーい！」

「私も〜っ！」

夜、お風呂《ふろ》をすませたあとは、部屋でパジャマ姿のままみんなで輪になって、ガールズトークの時間。

彼氏がいる子も今は片想い中の子も、みんなが自分の恋愛体験を語り合ったりして大盛り上がりだった。

私は自分のことを話すのは苦手なタイプだけど、みんなの話を聞くのは好きだから、こういうのはとても楽しい。

だけど、ずっと聞く側でいるわけにもいかず、途中でやっぱり私にもいろいろと質問が飛んできてしまった。

だって、一応彼氏持ちってことになってるからね。しかもその相手は、あのモテモテのりっくんだし。

「ところで柚月は、梨月くんとはどうなのー？」

「えっ……と」

さすがに今喧嘩中です、とはここでは言いづらい。

「いいなぁ、あんなカッコいい人と付き合えて」

「ねっ、羨ましい。絵に描いたようなイケメンだもんねー」

「あ、あはは……」

「梨月くんってクールだけどさ、ふたりきりの時はやっぱり優しいの？」

「えっ？」

純粋《じゅんすい》なキラキラした目で問いかけられて、一瞬ゴクリと息をのむ私。

「えっと……あー、うん。優しい時もあるよ」

なんて、自分で言いながらすごく恥ずかしくなった。

ダメだ。こういうの苦手だ。

「ちなみに、どこまでいったの？」

「えぇっ！」

さらにはもっととんでもない質問をされて。

「あぁ、それ私も気になる！」

「聞きたーい！」

しかもみんな興味津々《しんしん》なのか、身を乗り出して聞いてくるし。

どうしよう。

「もうキスくらいはした？　さすがにしたよね？」

「……っ」

こういう質問は本当に困る。なんて答えたらいいのかな。

そこまでりっくんと打ち合わせしてないよ。なんて思いながらも、適当に答える私。

「え……いやぁ、あはは。まぁね……」

「キャーッ！　ほんとに⁉」

「やだ、聞いてるだけでドキドキしちゃう～！」

さすがにこれ以上この話は恥ずかしくて耐えられそうにないから、話題を変えたい、
そう思った時だった。

となりにいたナナちゃんのスマホから着信音が流れる。

「……あっ。もしもし、カズくん？」

どうやら彼氏からの電話みたい。

「うん、うん。わかった。じゃあ、今から行くね」

彼女はうれしそうに電話を切ると、照れたように笑いながら立ち上がって。

「あのー、話の途中でごめんね。実は今、カズくんに呼び出されちゃった。ホテルの

外を散歩《さんぽ》しにいこうって言うんだけど。行ってもいいかな？」

そんなのもちろん、誰も止めるはずがなかった。

「キャーッ！　出たー、夜の海辺をふたりでお散歩！　いいなぁ」

「ラブラブじゃーん！　楽しんできて！」

「行ってらっしゃい！」

私ももちろん快《こころよ》く送り出す。

するとそこでみんな、今度は私のほうにジロジロと視線を送ってきて。

「あれー？　そう言う柚月ちゃんは？」

「へっ？」

「いいの？　梨月くんと会わなくて」

「そうだよ。ふたりきりになれるチャンスだよ～」

なぜか私まで散歩に行けとでもいうような流れに。

「いや、でもっ……！」

しかしながらりっくんとは喧嘩中だし、とてもさそえる心境じゃない。

「ほらほら、照れてないでさそってみなよ～」

「梨月くん待ってるかもよ！」

だけど、気が付いたらニヤニヤと冷やかすように笑うみんなに部屋から押し出されてしまい、結局私はそのままひとりで時間をつぶすことになってしまった。

うぅ、困ったなぁ……。

仕方がないので散歩でもしようかと思い、一階に降りてホテルの外に出てみる。

玄関《げんかん》から中庭を通って建物裏に出ると、目の前には大きな海が広がっていた。

うわぁ、すごい……。海辺にあるホテルとは聞いていたけど、こんなに近いなんて。

ザアザアと波の音が聞こえてきて、心が少しずつ落ち着いていくような気がする。

よく見ると、砂浜にはうちの学校の生徒の姿がチラホラあって、そのほとんどが手を繋ぎ合っているカップルだった。

ひとりでこんなところにいる私は変な人みたいだ。なにやってんだろう。

りっくんとも喧嘩しちゃったし、みんなのところには戻れないし……。

さっきの夕食時の出来事を思い出すと、また胸がズキズキと痛む。

私ったら、逆切《ぎゃくぎ》れみたいに怒って勝手に帰っちゃったけど、冷静になって考えたら、りっくんが怒るのも無理はないのかな。

私のせいで咲夜くんにあんな嫌味言われて、気分悪かっただろうし。

りっくんは今までずっと私のために一生懸命彼氏のフリしてくれてたのに、私はたいして彼女らしいふるまいもできなくて、全然彼の役に立てていなかったなって。

今さらになって自分の行いをちょっと反省する。

これからは私ももう少し、彼女らしくふるまわなくちゃダメだよね。

このまま気まずいのも嫌だし、一応りっくんに謝っておこうかな。

いっそのこと、散歩にさそってみる?

そう思ってスマホをポケットから取り出す。

一瞬どうしようなんて迷ったけれど、このままモヤモヤした気持ちでいるのも嫌だったので、思いきって電話をかけてみることにした。

りっくんは今、なにしてるのかな。玲二くんたちと部屋にいるのかな。

だけど、何回コールしても電話に出ない彼。

ダメだ。気付いてないみたい。

もしかして、本気で怒ってるから出ないとか? まさかね……。

「あれ、柚月?」

するとその時、背後から誰かに名前を呼ばれて。

ハッとして振り返ったら、そこには今日何度目かの咲夜くんの姿があった。

……ウソ。

なんでまたこんなところで会っちゃうんだろう。

正直今一番会いたくなかった相手だよ。

「また会えた。奇遇《きぐう》だね～。ひとりでなにしてんの?」

そう言う咲夜くんもなぜかひとりでいたけれど、ニコニコしながらこちらへ近づいてくる。

私は若干《じゃっかん》警戒しながらも、愛想笑いしながら答えた。

「い、いやべつに、ちょっと海を見ようかな～なんて思って」

だけど、明らかに不自然なことしか言えない。

そもそもここにひとりでいることが不自然すぎるよね。

「へぇ～、そっかぁ。気が合うね。俺も夜の海が見たくてさ。っていうか、柚月ちょっと元気なさそうだね。なんかあったの？」

「えっ」

ふいにじーっと顔を覗き込んでくる彼。

私のテンションが低いの、わかるんだ。

「そ、そんなことないよっ」

とっさに否定してみたけれど、彼はそんな私を慰《なぐさ》めようとでも思ったのか、頭をよしよしと撫でてきた。

「そっかそっか。そんな時もあるよね」

「え、あの……」

「それじゃあ俺と、夜の散歩でもする？」

そう言うと、すかさず私の手を取って繋ごうとしてくる咲夜くん。

これはまずい。完全にまた彼のペースだ。

「だ、大丈夫！　私もう、戻るから！」

私は慌てて彼の手を振り払い、ホテルのほうへ戻ろうと振り返った。

だけど、咲夜くんはすぐにまた腕を捕まえてくる。

「ダメだよ。そんな顔してる柚月のこと、ほっとけないし。俺」

「でも私、行かないっ……」

「そんなこと言わずにさぁ。歩いたら、気持ちも晴れるかもしれないよ？」

こういうところはさすが、女の子の扱いに慣れているのか、うまく言いくるめようとしてくる彼。

だけど、こういうのははっきり断らなくちゃ。

私がはっきり言わないから、りっくんにも迷惑かけちゃうんだ。

「いいのっ。べつに私落ち込んでないし、もう大丈夫だから。ほっといてっ！」

そう言って咲夜くんが掴んでいる手をグイっと引っ張る。

しかしながら、そんな私を見て顔を曇らせるどころか、ますます笑顔になる咲夜くん。

「あははっ。強がっちゃって～」

ちょっと強く言っても、全然きいてないみたい。どうしよう。

「とにかく私、もう……」

するとそこで、急に後ろから誰か駆け寄ってくる足音がして。

ハッとしたのもつかの間、瞬時に背後から腕が伸びてきて、抱き寄せるように体ごと捕まえられた。

「おい、いいかげんにしろっ！」

聞き覚えのある声に、どきんと胸が高鳴る。

この声は、間違いない。顔を見なくてもすぐにわかる。

「……りっくん？」

振り向いたらやっぱり、そこにいたのは彼だった。

「ゆずに触るなって言ってんだろ！　何回言ったらわかんだよ！」

りっくんは咲夜くんに向かって、いつもより低い声で怒鳴りつける。

そんな彼の姿を見ていたら、たちまち胸の奥から熱いものがぐっと込み上げてきた。

ねぇ、どうして彼はいつもこういう時、必ず助けにきてくれるんだろう。

さっきまで喧嘩してたのに。私、嫌な態度を取っちゃったのに。

りっくんは私に怒ってたんじゃないの？

「おっと、誰かと思えば桜井くんじゃん」

咲夜くんはりっくんを見るなり、パッと私の手を離す。

そして、ヘラヘラと笑いながら、また嫌味っぽく話しかけてきた。

「よく俺たちがここにいるってわかったねぇ。せっかく今からふたりで夜の散歩に行こうと思ってたのに。残念だなぁ～」

「……チッ。お前が無理矢理さそったんだろ」

「そんなことないよ。ねぇ、柚月？」

「えっ、違っ……」

ちゃんと断らなきゃって思ってるんだけれど、うまく言葉が出てこない。

またしてもその場に嫌な空気が流れる。

すると、りっくんが私の体をさらにぎゅっと自分のほうへと強く抱き寄せて。

「言っとくけど、こいつは俺のだから。お前なんかに渡さねぇよ」

……えっ。

思いがけない発言に、一瞬ドキッとして心臓が止まるかと思った。

ウソ、どうしよう。なにこれ。

なんか私、めちゃくちゃドキドキしてるんだけど……。

本気で言ってるわけじゃないって、わかってるのに。

りっくんとの距離が近すぎて、まるで抱きしめられているみたいで、全身がじわじわと熱くなってくる。

咲夜くんはそんなりっくんを見て一瞬驚いた顔をしたけれど、すぐにまた不敵な笑みを浮かべる。

「……ははっ、意外と大胆なことするね～。急に強気じゃん。そういうの、ますます燃えるかも」

「はぁっ？」

「意外と暑苦しいタイプなんだね、君」

「……っ」

「まぁいいや。仕方ないからふたりきりにしてあげるよ。それじゃ、ごゆっくり～」

そして、嫌味っぽくそう言うと、さすがにあきらめたのか、やれやれといった表情でホテルのほうへと帰っていった。

はぁ、よかった……。

咲夜くんがいなくなって、ホッと胸を撫でおろす私。

りっくんもそこでようやく私から身を離すと、ふぅっと呆れたようにため息をつく。

「ったく、やっぱりお前危なっかしいな」

「う……ごめん」

「またアイツに乗せられそうになってるし」

そう言われて、またしてもちゃんと拒否できなかったことを深く反省した。

結局またりっくんに助けてもらっちゃったし。ダメだなぁ、私。

なんだか振り回してばっかりだよ。

それに、さっきのこともちゃんと謝らなくちゃ。

「あ、あの……さっきはごめんね」

「えっ？」

「りっくんにはいつも助けてもらってるのに、私全然彼女のフリちゃんとできてなかったし、りっくんの役に立ててなくて。それなのに、あんな逆切れみたいなこと言っちゃって……」

反省してうつむきながらそう告げると、次の瞬間ポンと頭の上に大きな手のひらが乗る。

驚いて顔を上げたら、りっくんもまた申しわけなさそうに謝ってきた。

「いや、俺のほうこそさっきはごめん。言いすぎた」

「えっ……」

「なんかアイツに挑発されて、すげぇイラついて……」

少し恥ずかしそうに視線を横に向けながら話す彼を見ていると、なんだか胸の奥がムズムズしてくる。

　結局、どんなに喧嘩して怒らせても、りっくんは必ず私が困ってたら助けてくれるし、自分から謝ってくれるから。

　やっぱり誰よりも優しい人なんだ。

　そんな彼に対してひどい態度をとってしまったことを、あらためて申しわけなく思う。

「ううん、大丈夫。りっくんは悪くないよ。迷惑かけちゃったのは私のほうだし。ごめんね」

「いや、俺も大人げないこと言ったし、ごめん。なんかアイツがムカつくことばっか言うから、ムキになってたっつーか」

「……ウソ。そうなの？」

　いつもクールなりっくんがムキになってたなんて。

　なんだか思わず顔がほころんでしまう。

「ふふ。りっくんでも、ムキになったりすることあるんだね」

　私がそう言ったら、りっくんは少しムッと口をとがらせた。

「……仕方ねぇだろ。お前のことなんだから」

「えっ？」

　そして、再び私の頭に手を乗せると、わしゃわしゃと髪をかき乱す。

「お前のせいだよ、バカ」

「わーっ、ちょっと！　なんで～っ！」

なんで私のせい？

さらにはそのまま手を私の頭のうしろに回したかと思うと、なぜかグイっと自分の胸に抱き寄せるりっくん。

「……ひゃっ！」

突然また抱きしめられているような体勢になって、鼓動が急激にドクドクと早まった。

ちょっと待って。なにこれ……。

耳もとでりっくんの落ち着いた低い声が響く。

「だからさ、もうちょっと、俺のだって自覚して」

「……っ」

ふいに放たれた甘い言葉に、心臓がドクンと大きな音を立てて飛び跳ねた。

わあぁ……。どうしちゃったんだろう、りっくん。

彼はそのままなにも言わず、もう片方の手を私の背中に回すと、さらにぎゅっと強く抱きしめてくる。

私はもうなにが起こっているのかわからなくて、恥ずかしさのあまり、熱くなった体が今にも沸騰《ふっとう》しそうだった。

まるで、本当にりっくんが自分のことを好きみたいに思えて。

これもただ、恋人のフリをしてるだけなんだよね？　本気で言ってるわけじゃないんだよね？

それなのに私、なんでこんなにドキドキしてるの……。

「ねぇちょっと、あれ見て！」

「ウソ！　梨月くん⁉」

すると、その時少し離れた場所から、女子数人がヒソヒソ話す声が聞こえてきて。

「梨月くんが彼女と抱き合ってる！」

「キャーッ！　やっぱりラブラブなんだね！」

「いいなぁ～」

その会話は明らかに私たちが抱き合っているのを見ながら話しているものだったので、思わずヒヤッとしてしまった。

う、ウソ、やだ。どうしよう……。

めちゃめちゃ見られてるよ。恥ずかしい。

りっくんはこんなの、平気なのかな？

だけど、その声が絶対聞こえているはずの彼は、私からまったく離れようとしない。

その様子から、もしかしてこれは見せつけるためにわざとやってるのかな?とも思えてきた。

だから急にこんなことしたのかな。

あれこれ考えながらもとりあえず身を任《まか》せ、じっと彼の胸に顔をうずめる私。

そしたら胸にピタリとくっつけた耳から、りっくんの鼓動がはっきりと聞こえてきて。その鼓動が意外にもすごく速くなっていることに驚いた。

なんだろう。りっくんもすごくドキドキしてる?

私だって今、すごくドキドキしてるけど。

ねぇ、気のせいかな……?

*触れてもいいのは

修学旅行二日目は、打ち合わせで決めた行きたいスポットをグループのみんなとタクシーで回った。

沖縄本島はタクシー代が安いので、毎年このグループ行動にはタクシーが利用されているみたい。

琉球《りゅうきゅう》ガラス作り体験をしたり、浅井くんリクエストのドラマロケ地で写真を撮ったり、おいしい沖縄そばを食べたりと、初めて見るものや食べるものばかりで、思わずテンションが上がってしまう。

私たち女子三人はスマホで写真を撮り合いながらずっと盛り上がっていたし、りっくんたち男子も子どもみたいにふざけ合ってすごく楽しそうにしてて、あらためてこのメンバーでグループを組めて良かったなと思った。

私は昨日の夜の出来事のせいで、りっくんと話すのが少し照れくさかったんだけど、彼はいたっていつもどおりで、なんだか私ひとりが意識しているみたいで恥ずかしくて。

ずっとグループ行動だったからあまり話もできなかったし、それをどこかで残念だなんて思っている自分がいたりして、我ながらちょっと驚いてしまった。

私ったらどうしちゃったんだろう。変だよね……。

午後からはマリンアクティビティの時間ということで、みんなでバナナボートに乗ったりクルージングを楽しんだりした。

十一月でもこうやって海に入って楽しめるというんだからすごい。

クルージングでは途中から船酔《ふなよ》いして大変だったけど、やっぱり沖縄の海の美しさは格別《かくべつ》で。

このまま一カ月くらいずっとこの非日常な世界にいたいなんて思ってしまった。

楽しいこと続きで、一日が過ぎるのもあっという間。

そして迎えた三日目は、お待ちかねの美《ちゅ》ら海《うみ》水族館を全生徒で観光。

沖縄でもダントツの人気スポットだというこの場所。

ただでさえ水族館が大好きな私は、この日を一番楽しみにしていて、水族館に着いた瞬間から大はしゃぎだった。

しかも、ここでは自由行動なので、仲のいい友達とか彼氏とか、クラスに関係なく好きな相手と一緒に見て回ることができる。

私は琴子と玲二くんに仕組まれて、結局りっくんとふたりだけで回ることになった。

こんなロマンチックな場所は『カップルで一緒に回るのが当たり前』なんだって。

べつにりっくんとふたりきりは慣れてるし楽しいからいいけど、みんなに注目されるから、やっぱりどこかちょっと照れくさい。

でもりっくんは当たり前のように最初からいきなり手を繋いできたから、私と違って周りに冷やかされてもあまり気にしていないみたいだった。

りっくんって、クールでシャイなところがあるのかと思えば、意外と大胆な気がする。

この前だってあんなふうに、人前で抱きしめてきたりしたし。

なんだか日に日に恋人のフリがどんどんリアルになってきているような気がして、ほんとにりっくんと付き合っているんじゃないかと錯覚《さっかく》してしまいそうになる。

りっくんがこんなに本格的に彼氏のフリをしてくれるとは思ってもみなかったな。

入口から中に入って最初にあったのは、海の生き物に直接触れるという、サンゴ礁《しょう》の浅瀬《あさせ》を再現した水槽《すいそう》だった。

覗いてみると、中にはいろんな色や形をしたヒトデやナマコなどの生物がいて、みんな手を突っ込んでその感触をたしかめているみたい。

よく見ると小さな魚も泳いでいる。

「うわ〜っ、すごい。ヒトデがいっぱい！」

「すげぇ。どれも意外とデカいな」

「ねぇりっくん、触ってみようよ！」

私もさっそくその生き物たちに触れてみることに。

羽織っていたシャツを袖まくりして、水の中に手をつける。

最初に触ったのは、マンジュウヒトデという大きな石みたいなヒトデだった。

「うわっ、結構硬いね。石を触ってるみたい」

私が触ると、続けてりっくんも触る。

「ほんとだ。硬い」

「あんまり動かないんだね。あ、こっちのヒトデは青いよ！　可愛い〜」

こんなふうに海の生き物に直接触るなんてめったにできないことなので、テンションが上がってしまう。

中でもとくに気になったのは、とっても柔らかいといわれているナマコ。

ニセクロナマコという名前のそのナマコは、真っ黒で、毛が生えたみたいにもじゃもじゃで、一見大きな毛虫のようだった。

女の子たちの中には触るのを躊躇《ちゅうちょ》している子もいたけど、私は意外と平気。

なんだか可愛らしいとさえ思ってしまう。

少しだけドキドキしながらも、思いきって軽く掴んでみる。

「うわぁ～っ」

そしたらそれは思っていた以上に柔らかくて、なんとも言えないやみつきになりそうな感触だった。

「なにこれ！　なんかふわふわっていうか、もにょもにょしてる！　柔らかい！」

私が大興奮《こうふん》していたら、そのとなりでりっくんはなぜかすごく渋い顔をしてる。

「ねぇ、りっくんも触ってみなよ！　ふわふわで気持ちいいよ」

声をかけたら、彼はますます怪訝《けげん》そうに眉をひそめた。

「いや……俺はいいわ」

まるで、なにかグロテスクなものでも見るような目でナマコを見ている。

「えっ、なんで？　こんなに可愛いのに」

「これのどこが可愛いんだよ！」

「可愛いじゃん！　あ、もしかしてりっくん、触るのが怖いとか？」

なんて冗談ぽく聞いてみたら、りっくんは一瞬ドキッとした顔で目を見開いたあと、すぐにパッと目をそらす。

「……っ、なわけ、ねぇだろ」

それを見て、やっぱり苦手なんだなと確信した。

意外だなぁ。りっくんがこういうの苦手だなんて。パッと見では全然平気そうに見えるのに。

「ふふ。まぁ、べつに無理して触らなくてもいいけどね」

だけど、私が気をつかったつもりでそんなふうに口にしたら、悔しかったのか彼は少しムッとした顔になって。

「べ、べつに……触れるよ。俺だって」

そう言いながら恐る恐る片手を水槽に近づけると、次の瞬間ツン、と指一本だけナマコに触れてみせる。

触った瞬間、その感触にビックリしたのか、目を見開きキョトンとした顔になった。

「あ、柔らかい……」

その様子はまるで、生まれて初めて動物を触った子どもみたいで、あまりの微笑ましさに笑ってしまった。

「……ぷっ。あははっ！」

「おい。なに笑ってんだよ」

「だって、りっくんナマコにビビりすぎなんだもん」

「ビビってねぇだろ！」

必死で否定してみせる彼だけど、その顔は赤くなってる。

なんか、可愛いなぁ。

「ふふっ。可愛い」

思わず口にしたら、りっくんはさらに顔を真っ赤にして、水槽に突っ込んでいないほうの手で、コツンと私の頭を叩いてきた。

「……っ、バカにすんな」

「あはは、ごめんって」

いつも思うけど、こういうくだらないやり取りが、やっぱりすごく楽しい。

一緒にふざけ合えるような関係が心地良くて。

りっくんといると居心地がいいなぁって、あらためて思った瞬間だった。

その後、奥に進むとさらに水槽がいっぱいあって、たくさんの種類の海の生き物たちが元気に泳いでいる姿は、見ていてとても癒されるものだった。

珍しいサンゴにカラフルな熱帯魚《ねったいぎょ》、さらにはニョロニョロと細長い体をしたチンアナゴなんかの少し変わった生物まで。

私はもうこの非日常な空間にいるのが楽しくてたまらなくて、りっくんの手を引っ張りながらあちこち連れまわしたりして、終始《しゅうし》大はしゃぎだった。

途中、見知らぬ人に春瀬ひまり本人だと間違われて声をかけられるなんていうアクシデントもあったけれど、その直後にりっくんが自分のキャップを外し、私の頭にかぶせてくれて。

おかげで人目が気にならなくなって助かった。

さりげない彼の気づかいに、ちょっと感激してしまう。

りっくんは、やっぱりすごく優しい。

言葉や態度はぶっきらぼうだけど、いつでも相手のことを思いやれる人だから。

そういうところ、好きだなぁって思う。

そしてさらに進んでカニなどの水辺の生き物を見たあとは、いよいよメインの大水槽へと向かった。

ここの水族館の一番の目玉だと言われているこの場所。

横幅三十五メートルという、ほかではなかなかない大きさの巨大な水槽にたくさんの魚たちが泳いでいる。

いざ近くまで来たら、それは想像以上のスケールで、思わず感嘆《かんたん》の声が漏《も》れた。

「す、すご～い！　なにこれっ」

「うわ、すげぇな」

目の前に広がる一面の青。まるで自分も海の中にいるみたい。

とくにその中を優雅《ゆうが》に泳ぎまわる巨大なジンベエザメやマンタの迫力は半端《はんぱ》なくて。

私はしばらく呆然と突っ立って、その姿に見とれていた。

「キレイ……。こんな大きな水槽初めて見た」

「俺も。なんか神秘《しんぴ》的だよな」

「うん。ほんとに神秘的。人魚にでもなったみたいな気分」

あまりの美しさと雄大《ゆうだい》さに、なんだかとてもロマンチックな気持ちになってくる。

そしたらとなりで手を繋いで一緒に水槽を見ていたりっくんが、クスッと笑ってこちらを振り向いた。

「人魚？」

「え、うん。だって、なんか自分も海の中を泳いでるみたいな気分にならない？」

「あぁ、たしかに」

「私ね、子どものころ人魚姫《にんぎょひめ》の絵本が大好きでね。ずっと人魚になりたいって思ってたんだよね」

ふと昔を思い出して懐かしくなる。小さい時から憧れだった人魚姫。

だから、海の中にいるような気分になれる水族館は大好きだった。

「折り紙で貝殻《かいがら》の髪飾《かみかざ》りとかネックレス作って、人魚姫ごっこしたりしてたんだよ」

「へぇ。お前も意外とメルヘンチックなこと考えるんだな」

「へへっ、まぁね。これでも子どものころはメルヘン大好き少女だったんだから」

得意げな顔で答えたら、ふいにりっくんが顔を覗き込んでくる。

「……じゃあまさか、王子様と結婚したいとか思ってたの？」

「え？　そりゃ思ってたよー、もちろん！　女の子の夢でしょ」

「ふ〜ん、そっか……。そのうち素敵な王子様があらわれるといいな」

さらには冗談ぽくそんなことを言われたので、思わず「うん」なんて勢いでうなずいてしまった。

その瞬間、りっくんがなんとも言えない顔をしたのが、ちょっと気になったけど。

「ねぇこれ、ジンベエザメの写真、超イイ感じで撮れたんだけど！」

「ほんとだー！　すごい！」

「あ、またこっちに近づいてきたよ！」

「ウソっ。カメラカメラ！」

すると、その時すぐ横にいた女の子たちが、水槽にカメラを向けながらはしゃいでいる声が聞こえてきて。

それを見て、自分がまだこの大水槽の写真を一枚も撮っていないことに気が付いてハッとした。

慌ててポケットからスマホを取り出す。

「あ、そうだ！　ねぇりっくん、せっかくだから写真撮らなくちゃ！」

「ん？　あぁ」

「私、マンタ撮りたい！　どこに行ったかな？　あっ、あっちにいた！」

繋いでいたりっくんの手をパッと離して、一目散《いちもくさん》にマンタを追いかける私。

「おい、ゆずっ」

りっくんが呼ぶ声も聞かずに、人混みをすり抜けて、マンタが泳ぐ場所の前へと移動する。

そしたらちょうど水槽のガラスの近くまで泳いできてくれたので、たくさんマンタの写真をアップで撮ることができた。

もちろんその後ジンベエザメも、ほかの魚たちもしっかりとカメラに収《おさ》める。

綺麗な写真をたくさん撮れて大満足。

だけど、気が付いたら周りに人がどんどん増えていて、いつの間にかりっくんの姿を見失ってしまっていた。

……あれ、そういえばりっくんはどこだろう？

私ったら写真を撮るのに夢中になってて、りっくんのこと置いてきちゃったよ。探さなくちゃ。

そしたらそこでポンと後ろから誰かに肩を叩かれて。

ハッとして振り返ったら、見覚えのある人物が満面の笑みを浮かべながらこちらを見ていた。

「ゆーずきっ！」

「わっ。……って、咲夜くん⁉」

またしてもこんなふうにバッタリ会っちゃうなんて。

これで修学旅行中、何度目だろう。

「なにしてんの？　ひとり？　彼氏と一緒じゃないの？」

「え……っと、うん。つい今まで一緒にいたんだけど」

「もしかしてはぐれちゃった？」

そう聞かれて、咲夜くんが妙にうれしそうな顔をしてるもんだから嫌な予感しかしなかったけど、はぐれてしまったのは本当なので、仕方なくうなずいた。

「う、うん。そうかも」

「マジか。じゃあ俺が一緒に探してあげよっか？」

「えっ！　いやいや、大丈夫だよ！」

さすがにここでまた咲夜くんと一緒に行動するのはまずいと思い、すかさず断る私。

だけど、彼がそこで引くはずがなく。

「またまたー、遠慮すんなって～」

サラッといきなり私の肩を抱いてくる咲夜くん。

「ちょっ……」

「せっかくふたりきりになれるチャンスなのに」

ボソッと耳もとでそうささやかれた瞬間、身の危険を感じた私は、両手でグイっと彼の体を押しのけて、突き放した。

「だ、ダメッ……！」

もう、ほんとにこの人は、油断も隙もないというか。

相変わらずスキンシップが多いし、強引だし、危うくペースに乗せられてしまいそうになる。

私が拒否しても、顔色ひとつ変えないし。

「あははっ。照れちゃってかーわいい！」

「照れてないよっ！」

「ウソだ。今ちょっとドキドキしたでしょ？」

「なっ！　してない！」

どうして私にこんなにしつこくかまうんだろう。

ほかにいくらでも相手にしてくれる女の子はいるはずなのに。

咲夜くんは嫌がる私を見て、むしろその反応を楽しんでいるかのようだ。

「柚月ってさぁ、モテそうなのにあんまり男慣れしてなさそうな感じするよね」

「えっ！」

男慣れ？

「反応がいちいちウブで可愛い」

咲夜くんの手が、今度は私の頬にピタッと触れる。

「なんか君の彼氏、結構奥手《おくて》っぽいもんねぇ。俺だったら、柚月のこと退屈《たいくつ》させない自信あるのに」

「……っ」

なにそれ。またりっくんのことバカにして。

前から思ってたけど、なんで彼はこんなにも自信過剰《じしんかじょう》なんだろう。

人気読モでいつもちやほやされてるから？

自分ならどんな子でも落とせるとか思ってるのかな？

「べつに、退屈なんて……っ」

「ゆず‼」

するとそこで、後ろからりっくんが私の名前を大声で呼ぶ声がして。

振り返ったら、焦った表情でこちらへ駆け寄ってくる彼と目が合った。

「……あっ、りっくん！」

わぁ、良かった。はぐれちゃったと思ってたけど、無事会えた。

私のこと、探してくれたのかな？

りっくんはすぐそばまで来ると、私の腕をぎゅっと掴み、呆れた顔で言う。

「……はぁ。やっと見つけた。ったく、ひとりで勝手にどっか行くんじゃねぇよ」

「ご、ごめんね」

「しかも、なんでまたお前がいるんだよ」

そしてすぐ咲夜くんのほうを振り返ると、するどい目でキッとにらみつけた。

「おっと、桜井くん。君のほうこそ、彼女ほっぽってなにしてたの～？」

「はぁ？　ほっぽってねぇし」

「だって今、柚月のこと見失ってたんでしょ？　ダメだよ～、柚月可愛いんだから、ちゃんとそばにいてあげないと」

相変わらず嫌味っぽい口調で、笑いながらりっくんの肩に手を乗せる咲夜くん。

その手をすぐにどけるりっくん。

「……っ。お前に言われたくねぇよ。いちいちゆずに近寄るんじゃねぇよ」

「ははっ。嫌だなぁ。相変わらず怒りっぽい彼氏くんだね」

「……てめぇ」

あぁどうしよう。また喧嘩みたくなっちゃった。

咲夜くんとりっくんが顔を合わせると、絶対嫌な雰囲気になっちゃうんだ。

でもこれも全部、私のせいだよね。りっくんが言うように、私に隙があるのがいけないのかも。

私がもっとはっきり咲夜くんに断らないといけないんだ。私は〝りっくんの彼女〟なんだから。

今度こそ、ハッキリ言わなくちゃ。

「あ、あのっ、咲夜くん！」

ふたりの間を割るようにして、咲夜くんの前に立つ。

「ん？　どうしたの？　柚月」

そして顔を上げ、しっかりと彼の目を見据えた。

「ずっと言おうと思ってたんだけど、私は……」

ちょっと恥ずかしい。いや、正直めちゃくちゃ恥ずかしいけど。今日は、ちゃんと言うんだ。

「私はりっくんひと筋だからっ」

そう言ってりっくんの腕を掴み、見せつけるかのようにぎゅっと抱きつく私。

「正直、咲夜くんには全然興味なんかないし、りっくん以外の人には触られるのだって嫌だし！　だから……っ、もうこれ以上私にかまわないでくださいっ‼」

大声でズバッと言いきったら、その場が一瞬シーンと静まり返った。

「……えっ」

ポカンとした顔で固まる咲夜くん。

すると、近くでその様子を見ていたうちの学校の生徒たちが、クスクスと笑いながら話す声が聞こえてきた。

「ちょっと、あれ……修羅場《しゅらば》？」

「てか、アイツ、今思いっきり振られてたよな？」

「え〜っ。あれって読モの桐原じゃないの？」

みるみるうちに表情が強張《こわば》っていく咲夜くん。

となりで呆然と突っ立ったまま固まってるりっくん。

あぁ、どうしよう。やっちゃった……。

私はますます恥ずかしくなってきて、慌ててりっくんの手を引っ張る。

「い、行こう！　りっくん！」

「あ、あぁ……」

そしてふたりで逃げるように走ってその場をあとにした。

人気のない階段の踊《おど》り場《ば》まで来たところで、ようやく立ち止まり、胸を撫でおろす。

「……ふぅ」

今の、ちょっと言いすぎたかな？

でも、これでもう咲夜くんも言い寄ってこないよね？

りっくんのほうを振り返り、声をかける。

「ねぇりっくん、今くらいはっきり言えば、もう大丈夫かな……って、りっくん？」

よく見たら、りっくんはまだボーッとした表情のまま固まっていて、その顔はなぜか少し赤いような。

あれ……？

「どうしたの？」

私が問いかけると、ハッとした様子でこちらを向き、片手で口を押さえる彼。

「あ、いや……」

そしてボソッと感心したように呟いた。

「お前、意外とやるじゃん……。ビックリした」

「えっ、そう？」

「まさかあそこまで言うと思わなかったわ」

そう言われて、また一気に恥ずかしさが込み上げてくる。

もしかして、やっぱり言いすぎだった？

「だ、だって咲夜くん、しつこいから……」

思わず下を向いたら、りっくんが私の手首をそっと握ってきた。

「俺以外に触られるの、嫌なんだ？」

「……っ！」

ドキッとして瞬時に顔が熱くなる。

やだ。そういえば私、今そんなこと言ったんだっけ。

「え……っと、うん。まぁ、そういうことに……」

りっくんったら、ちゃんと聞いてたんだ。

「俺はべつにいいの？　ゆずに触れても」

「えっ……」

その言葉に驚いて顔を上げると、至近距離《しきんきょり》で私を見下ろすりっくんと目が合う。

触れてもいいだなんて、そんなこと聞かれたらなんだかドキドキしてしまう。

照れながらそっと手を伸ばし、りっくんのシャツの裾をきゅっと掴む。

「うん。だって、りっくんは〝彼氏〟だから」

自分で言いながら恥ずかしくなったけれど、私が答えると、りっくんはフッとうれしそうに笑った。

「そっか。そうだな」

彼の長い指がそっと伸びてきて、私の右頬に触れる。

どきんとまた心臓が音を立てて、熱い頬がもっと熱くなった。

どうしよう、なんか変……。さっきから心臓がうるさいよ。

彼のまっすぐなまなざしに、吸い込まれそうになる。

どうしてそんな、優しい顔するの……。

だけど次の瞬間、その表情がふとイジワルな笑みに変わって。

「だってお前、俺ひと筋なんだもんな？」

思いがけないセリフにハッとする私。

「……ちょっ！　やだっ、なんで覚えてるのそれ！」

たしかに私、そんなことも言った気がするけど。あれは本当にその場の勢いで……。

「覚えてるに決まってんだろ。お前さっきすげぇドヤ顔してたもんな」

「えぇ～っ！　ウソっ！」

私、そんな顔してたの？　結構いろんな人に見られてたのに。

めちゃくちゃ恥ずかしいよっ。

「そ、それはもう忘れてっ！　てか、その話もう終わり！」

私がビシビシとりっくんの胸を叩いたら、彼は楽しそうにクスクス笑った。

「ははっ、嫌だ」

「ちょっと～っ！」

真っ赤になって怒る私の手を取ると、再び繋いでくるりっくん。

そして、そのままゆっくり歩きだした。

「まぁいいや。とりあえず行こうぜ。邪魔者もいなくなったことだし」

……えっ。邪魔者っていうのは、咲夜くんのことかな。

「う、うん」

うなずいたら、りっくんが一瞬こちらを振り返り、ボソッと呟く。

「今度はもう絶対、俺から離れんなよ」

同時に手をさらにぎゅっと強く握られて、思わず私も彼の手を強く握り返した。

「うんっ」

そうだ。今度はもう、はぐれないようにしなくちゃね。

りっくんの手はやっぱりすごく温かくて、なんだか安心する。

それにしても私、咲夜くんにベタベタされるのは嫌だったのに、ああ言ったとおり、りっくんに触れられるのはまったく嫌だと思わないんだな。

本当の彼氏じゃないけど、同じ男の子でも、りっくんはやっぱり特別なのかな……。

修学旅行もとうとう最終日を迎え、四日目の今日は全員で首里城《しゅりじょう》を見学したあと、自由時間に国際《こくさい》通りをブラブラしてお土産を買った。

琴子とふたりでいろんなお店を見て回って、私はここぞとばかりに沖縄そばや、ちんすこうや、サーターアンダギーなど沖縄名物の食べ物をたくさん購入《こうにゅう》。

琴子は可愛い雑貨《ざっか》や、彼氏へのお土産におそろいのキーホルダーを買ったりしていた。

ひととおり買い物をすませ集合場所に着くと、同じく買い物を終えたりっくんと玲二くんにバッタリ遭遇。

私が食べ物ばっかり買ってショッピングバッグいっぱいに持っているのを見たふたりは、呆れたように笑っていた。

「さすが大食い」なんて言いながら。

でも、本当に楽しい四日間だったな。

いろいろあったけど、すごく充実してたと思う。このまま帰ってしまうのが寂しいくらい。

ちなみに咲夜くんは、私が昨日ガツンと言ったせいか、あれ以来一切かまってくることはなくなった。国際通りでちらりと見かけたけど、話しかけてもこない。

ちょっと言いすぎたかなって気もするけど、変に好かれても困るし、これで良かったんだよね。

「あ、そうだ。ゆず、ちょっとこっち来て」

ふと、りっくんが私を呼び、手招きをする。

みんながいるところから少し離れた場所まで来ると、りっくんはなにやらポケットをゴソゴソ漁《あさ》りながら、突然こう言った。

「後ろ向いて」

「えっ？　後ろ？」

「うん」

なんだろう、と思いながらも言われたとおり後ろを向く私。

すると、次の瞬間胸もとにピタッと冷たいものが触れる感触がして、ビックリした。

あれ……？　りっくん、今、私の首になにか付けたよね？

「ん？　なに？」

見てみるとそれはなんと、貝殻でできた可愛いネックレスで。

思わず目を見開き大声をあげる私。

「え〜っ！　ちょっと、どうしたのこれ！」

いつの間にこんなものを？

もしかして、りっくんが買ってくれたのかな？

「あのっ、これ、わ、私に⁉」

めちゃくちゃ動揺しながらも振り返ってりっくんに聞いてみたら、彼は涼しい顔でサラッとうなずいた。

「うん。やるよ」

えーっ!! 本気なの!?

どうしたんだろう。急にこんなプレゼントをくれるなんて。

「ウソっ、すごいっ。ほんとにもらっていいの?」

「うん。なんか、さっき国際通りの土産屋でたまたま見つけたから」

「わあぁ、そうなんだ……。ありがとう。貝殻、めちゃくちゃ可愛い!」

うっとりしながらネックレスを見つめる私。

するとりっくんが急に思いがけないことを口にした。

「そういうの、人魚っぽいかと思って」

「えっ、人魚!?」

たしかに、貝殻のアクセってすごく人魚っぽい。人魚姫が付けてそう。

でも、なんで……。

私が不思議そうな顔でりっくんを見上げると、少し照れくさそうな表情をする彼。

「なんかお前昨日言ってただろ、水族館で。人魚に憧れてたみたいなこと。だから、そういうの好きかと思ったんだよ」

……ウソ。なにそれ。

だから、わざわざこれを私に?

私のあの何気ない発言を、りっくんは覚えていてくれたんだ。

どうしよう。感激なんだけど。

「うん、大好きっ！　超うれしい!!」

満面の笑みでそう告げたら、りっくんの顔がちょっと赤くなった。

「……どういたしまして」

あっ。でもちょっと待って。私ったら、りっくんにお土産買ったっけ？

ヤバい。家族と自分用のお土産しか買ってないかも。

「ごめんね、りっくん。私、お土産ほとんどお菓子とかばっかりで、なにもプレゼントできるようなもの買ってない……」

なにか自分も買えばよかったと思いつつ謝ったら、りっくんはそんな私を見て、クスッと笑った。

「いいよべつに。俺がお前にあげたいと思って勝手に買っただけだし」

「……っ」

なにそれ、優しい。なんでそんなに優しいんだろう。

さすがにこれはちょっと、ときめいちゃうよ。

「ありがとう、りっくん」

感激のあまりもう一度礼を言ったら、彼は「ん」なんて言いながら私の頭にポンと手を乗せてきた。

……どうしよう。なんだか胸の奥がムズムズする。

なんだろうこの気持ち。

ポカポカしたものがあふれ出してくるような感覚。

昨日から、りっくんが急に一段と優しくなったような気がするのは、気のせいかな？

それに、りっくんってこんなに素直だったっけ？

なんか調子が狂う。

本当の彼氏みたいで、ドキドキするよ……。

*クリスマスは誰と過ごす？

二学期の一大イベントである修学旅行も無事終わって、気が付けばもう十二月。今年もあと少し。

寒さも増して、いよいよ本格的な冬がやってきたかなという今日このごろ。私はいつものようにりっくんと並んで一緒に帰っていた。

辺りはクリスマスムード一色で、駅前や立ち並ぶ店がどこもクリスマスの装飾《そうしょく》で綺麗に彩《いろど》られている。

ちょうど先日期末テストも終わったばかりなので、なんだかとても気持ちが軽くなっていた私は、すでに冬休みはなにをしようかな、なんてことで頭がいっぱいだった。

りっくんには『浮かれるのはテストの点を見てからにしろ』なんて言われちゃったけどね。

歩いていたら、ふと駅ビルの壁に貼られていた映画のポスターが目に留まり、立ち止まる。

「あ、この映画！」

それはちょうど今月末から公開される予定の映画で、今流行りの少女漫画を実写化《じっしゃか》したもの。

原作漫画の大ファンの私は、それがずっと気になっていて、キャストも自分のイメージにピッタリだから、ぜひ映画館で観てみたいなと思っていた。

「私これ観たかったんだよね～！　クリスマスイブ公開なんだね。冬休み、行こうかなぁ」

ぼんやりとひとりごとを呟く私。

その横でりっくんがポスターをまじまじと見ている。

「ふーん。イケメンといきなり同居《どうきょ》ねぇ……。お前こういうの好きだったんだ」

「えっ、べつにこういうのが好きっていうか。これは原作の漫画がすごく面白いんだよ。だから映画も観てみたくて」

「ゆずもまだそういう少女漫画なんか読むんだな」

「うん、私だって読むよ～！　キュンキュンしたいし」

「しかもこれ、春瀬ひまり主演じゃん」

そう、実は偶然にも春瀬ひまりが主演。

とくに私自身は彼女の大ファンとかいうわけじゃないけど、可愛いから普通に好きだ。

それにこれ、相手役の俳優の男の子がまたカッコいいんだよね。

「そうだよ。主人公にピッタリなの。それに、この相手役の田端《たばた》くんって子がすごくイケメンでね」

私がその田端くんを指差すと、なぜか急に顔を曇らせるりっくん。

「……ふーん。お前、こういうのがタイプなの？」

「えっ、べつにタイプってほどじゃないけど、カッコいいなーと思って」

「へぇ」

なんだろう。なんかすごく不満そうな顔してる。

りっくんこういう顔嫌いなのかな？

「田端くん、カッコ良くない？」

「カッコ良くない」

あらら、即否定されちゃった。

「ははっ。りっくんってさすが理想が高いだけあって、男の子にも手厳しいんだね～」

私が笑いながらそう言ったら、困ったように顔をしかめる彼。

「いや、そういうのじゃねぇし」

「え？」

違うの？

「ゆずがほかの男をほめるのがムカつくだけ」

ボソッと呟かれたその言葉に、目を見開く私。

む、ムカつく……？

だけど、どうしてそれでりっくんがムカつくのか理解できなくてキョトンとしていたら、彼はすかさず私の手を握ってスタスタと歩き出した。

「まぁいいや。行くぞ」

「え、うん……」

追いかけるようにりっくんの一歩後ろを歩きながら考える。

なんだろう。

やっぱりりっくんって、たまにこういう意味深なことを口にしたり、急に不機嫌になったりする時があるんだよね。

私ったら、りっくんのことを人一倍わかっているようなつもりでいたけど、まだまだわかってないのかなぁ……。

それから数日後。学校で期末テストの返却が行われた。

どの教科もそこその点数を取れた私は、すっかり安心して、頭の中がますます冬休みのことでいっぱいに。

教室の中も一段と騒がしくなって、みんな冬休みやクリスマスはなにをして過ごすかの話題で持ちきりだった。

昼休みに琴子とふたりで席に座り、雑誌を広げていたら、琴子が照れながら話し出す。

「実はね、クリスマスイブの日、準の部屋に泊まることになってね」

「え〜っ！　ウソッ！」

突然のハッピーな話題に思わず声をあげてしまう私。

「準の親、クリスマスは毎年夫婦で旅行に行くみたいで、誰も家にいないって言うから……」

「すごいじゃん！　良かったね〜！　なんだもう、佐伯くんとラブラブなんじゃん！」

「えへへ。泊まりにいくのは初めてだから、緊張するんだけどね」

頬を赤らめながらうれしそうにする琴子を見ていたら、なんだか私まで幸せな気持ちになる。

琴子、少し前まではいろいろ悩んだりもしてたけど、うまくいってるみたいで良かったな。

「ところで柚月は、イブの日の予定は？」

するとと今度は琴子が私にニヤニヤしながら尋ねてきて。

「えっ、私？」

「うん。梨月くんと一緒に過ごさないの？」

その言葉にドキッとする私。

イブの日、りっくんと一緒に？　そんな約束まったくないよ。

「いや、うちらはべつに本物の恋人じゃないし……。だからなにも約束とかしてないよ」

「えぇ〜っ！　そうなの？　梨月くんからおさそいなかった？」

「な、ないよっ！　そんなの……っ」

「なんだー、期待してたのに。そろそろ本物になっちゃってもいいと思うけどね、私は」

あからさまに残念そうな顔をする琴子。

だけど、本物の恋人にだなんて、そんなつもりあったら最初から付き合ってるってば。

「いやいや、それはないよ〜。りっくんだってそんなつもりないだろうし」

「じゃあ、もしあったら付き合ってもいいの？」

言われて一瞬言葉に詰まる私。

りっくんがもし、そのつもりだったら？　本当に付き合うかって？

「そ、それは……」

それってつまり、りっくんが私を好きだったらってことだよね？

「いやぁ、ないよ。やっぱり。りっくんとは友達だし！」

「ほんとにー？　そう思ってる？」

「う、うん」

言いながら、なぜかちょっとだけ胸の奥がモヤモヤしたような気もしたけど、コクリとうなずく。

そしたら琴子はちょうど開いていた雑誌のイルミネーション特集のページを見ながら呟いた。

「クリスマスに彼氏がいるっていうのも、いいものだと思うけどねー。せっかくだから、デートくらいしたら？」

「デートって、りっくんと？」

「うん。べつにデートって名目《めいもく》じゃなくても、ふたりで遊べばいいじゃん。クリぼっちよりは楽しいと思うよ？」

「た、たしかに……」

クリぼっちという言葉が地味にグサッと胸に刺さる。

クリスマスイブにひとりぼっちで過ごすのは、世間では負け組みたいに言われてるからなぁ。

クリスマスデートかぁ。ちょっと憧れる。

実は私、彼氏と一緒にクリスマスを過ごしたことってないんだよな。

涼ちゃんとはクリスマスを一緒に迎えられなかったからな……。

彼氏がいたら、クリスマスがきっともっと特別な日になるんだろうなって思う。

そういえば、観たかった映画もクリスマスイブ上映開始だったっけ。

できれば公開初日に観にいきたいし、だけど恋人だらけの映画館にひとりで行く勇気もないし……。

この際思いきってりっくんのことをさそってみようかな?

りっくんとは、今までもよくふたりで映画観にいってたし。

お互いヒマなら、一緒に遊びにいくのも悪くないよね。

りっくん、一緒に行ってくれるかな……?

その日、掃除《そうじ》の時間私は教室の掃《は》き掃除担当だったので、黙々とひとりでほうきを持って床を掃いていた。

女子たちがみんな真面目に掃除をする中、一部の男子たちはしゃべってふざけている。

ふざけて盛り上がっている集団にはあの玲二くんの姿もあって、ほかのみんながゲラゲラ笑う中、彼だけやけに落ち込んでいるみたいだった。

「あぁー、ダメだ〜。常盤高のレナちゃんにも断られた。イブの日はケーキ屋のバイトなんだって」

「うわー残念。玲二お前どうしたんだよ。振られまくりじゃねぇかよ」

「前はあんなにいろんな子とデートしまくってたのに。ついにお前もクリぼっちか」

「い、言うな！　それを言うな〜!!」

「ぎゃはははは！」

みんなにいじられている様子の玲二くんを見ると、思わず笑いそうになってしまう。

声が大きいせいでさっきから会話が丸聞こえなんだけど、玲二くん、今年のクリスマスイブは、女の子をデートにさそっても誰もOKしてくれなかったみたい。

チャラ男の彼としては、きっとショックだよね。

「もうこうなったら玲二はあきらめて男友達と遊ぶしかねぇじゃん。野郎同士《やろうどうし》でネズミーランドでも行けよ」

「はっ⁉ 行くかよ！ あんなカップルの聖地《せいち》みたいなところ！」

「ははっ、冗談だよ。じゃあヒマな奴とカラオケでも行けば？」

「そうだな、誰かさそってみるか。でも、梨月はもちろんイブの日は予定あるって言ってたし、圭吾《けいご》も太一《たいち》もバイトだとか言ってたし……よく考えたら男もヒマそうな奴がいねぇ」

「だはは！ なんだよ、ほんとにぼっちじゃん！」

だけど、ふとその会話を聞いてハッとする。

りっくん、イブの日予定あるの？

そうだったんだ。知らなかった……。

まぁ予定があってもおかしくないし、驚くことじゃないんだけど、どことなく残念な気分になる。

それじゃあ映画はやっぱり無理かな。

私は仮の恋人だから、仕方ないよね。

イブじゃない日に琴子でもさそって観にいこう。

そもそもああいう少女漫画みたいな映画、さすがに映画好きなりっくんでも興味ないか。私ったらなに考えてたんだろう。

べつに公開初日にこだわらなくてもいいし、クリスマスイブにとくに予定がないのなんて、私にとってはいつものことなのに。

なんだか急にテンションが下がってしまった自分自身に、我ながら驚いていた。


「寒いっ。寒いね～」

「お前さっきから寒いしか言ってねぇな」

「だって、寒いんだもん！」

帰り道は、いつものようにりっくんと並んで一緒に歩く。

今日は風が冷たくて、いつも以上に空気が冷えていたので、さっきから『寒い』を連発していたら、りっくんに呆れ顔で突っ込まれてしまった。

手に何度も息を吐きかけ、あっためる。でもあまり効果がない。

「手袋してないから寒いんじゃねぇの」

「それがね、使ってたやつに穴が開いちゃって……」

「ウソだろ。どう扱ったら穴が開くんだよ」

「うちのネコに引っかかれた」

「……ぷっ」

「あーっ、今笑ったでしょ！」

クスクス笑うりっくんの腕をビシバシ叩く。

そしたらひょいと腕を捕まえられて、そのまま左手をぎゅっと繋がれて。

ドキッとして顔を上げたら、りっくんはさらにその手を自分のコートのポケットに突っ込んだ。

「仕方ねぇな」

その瞬間、急にあったかくなる左手。

りっくんの手とコートのぬくもりに包まれて、かじかんだ手がじわじわと体温を取り戻していく。

「冷え性なんじゃなかったのかよ」

「はい。冷え性です……」

「だったら体は冷やすなよ」

ぶっきらぼうに聞こえるけど、思いやりのある言葉にちょっぴり感激してしまう。

「うん、ありがとう。りっくんの手はいつもあったかいね」

はにかみながらそう口にしたら、りっくんがさらに私の手をぎゅっと強く握る。

「まぁな」

こうやってさりげなくあっためてくれるりっくんは、やっぱりすごく優しい。

前にもマフラー貸してくれたし。

手だけじゃなくて、なんだか心まですごくあったかくなったような気がした。

そのまま駅の近くまで歩いてくると、ふと駅前の広場にある大きなツリーが目に入る。

クリスマスの時期になると、毎年ここにはツリーが飾られるんだ。

夕方の暗い時間になると電飾《でんしょく》のスイッチが入るので、キラキラと七色《なないろ》に光ってとても綺麗だった。

「あ、ツリー光ってる！」

私が右手で指差すと、りっくんがボソッと呟く。

「ほんとだ。そういえば、もうすぐだな。クリスマス」

「えっ」

彼がそんなふうに自分からクリスマスのことを口にするなんて珍しいので、ちょっと意外だった。

今まで私からクリスマスの話題を振ってもとくに興味なさげだったし、いつもはツリー見ても無反応だったのに。

たしかクリスマスイブの日、りっくんは予定があるんだよね。

誰かと約束でもしてるのかな。

「そうだよね〜、もうすぐだよ。今日だってみんなイブの日の話で大盛り上がりだったもん。琴子は彼氏とイルミネーション見て、そのあと彼氏の家に泊まるんだって」

「へぇ、泊まるのかよ。すげぇな」

「すごいよね。あ、あとね、掃除の時間に聞いちゃったんだけど、玲二くんは今年は誰もデートしてくれないから、クリぼっちかもって嘆いてたよ」

「あぁ、それは俺も聞いた。アイツも遊んでばっかいないで、いいかげん真面目に恋愛すればいいのに」

「あははっ、そうだよね〜」

なんて、ワイワイ話しながらふたりでツリーの横を通り過ぎる。

するとりっくんがふいにこちらを向いて、真剣な顔で問いかけてきた。

「……ちなみに、お前はどうすんの？　クリスマスイブ」

「えっ？」

思いがけないことを聞かれてドキッとする。

「え……っ、私？　私は、とくに予定はないけど……」

ほんとはりっくんを映画にさそおうと思ってたんだけどね。さそえなくなっちゃったし。

「ぼっちで過ごすつもりかよ」

「なっ！　だ、だって……」

思わずシュンとして下を向く。

そしたらりっくんが急に立ち止まり、繋いでいた手を離して。カバンの中からカードのようなものを二枚取り出すと、私の目の前に差し出してきた。

「予定ないならちょうど良かった。ハイ」

「……ん？」

それを目にした瞬間、ギョッとする私。

「えぇっ⁉ な、なにこれっ！」

ちょっと待って。ウソでしょ。

だって、このカード……私が観たかったあの映画の前売り券だよね。

どうしてりっくんが、これを……。

私が目を見開いたまま固まっていると、りっくんはさらに信じられないことを口にする。

「クリスマスイブ、空けといて。ヒマなんだろ？ ゆずが観たいって言うから、買っといた」

「う、ウソ……」

「マジ」

「え～っ！ でも、ちょっと待って！ りっくんたしか、クリスマスイブの日は予定があったんじゃ……」

　そうだよ。その予定はどうしたんだろう。

「は？　予定？　俺そんなこと言ったっけ？」

「だって今日玲二くんが、りっくんはイブの日予定があるって言ってたよ」

　私がそう告げると、りっくんは少し困ったように顔をしかめる。

　そして、照れくさそうに頬を染めながら呟いた。

「いや、だからそれは……お前と映画観る予定ってことだよ」

「えぇっ！　そうだったの⁉」

「あぁ。言っとくけど、俺は最初からクリスマスイブは、ゆずと一緒に過ごすつもりだったんだけど」

「……っ」

　思いも寄らぬ彼のセリフに、一瞬言葉を失う。

　わあぁ、どうしよう……。

　それじゃあ、りっくんも同じことを考えてくれてたってこと？

　なにそれ。めちゃくちゃうれしいかもしれない。

「ダメだった？」

「……だ、ダメじゃないっ！　私も、りっくんと一緒に映画観にいきたいって思ってたから、うれしい……。ありがとう」

照れながらそう告げたら、りっくんはフッと優しく笑った。

「良かった。じゃあ、決まりな」

「うんっ」

まさかのサプライズに胸が高鳴る。

りっくんたら、わざわざ私のために映画の前売り券を用意してくれていたなんて。

ちょっと感激しちゃった。

クリスマスイブが今から楽しみだなぁ。

りっくんとだったら、絶対楽しく過ごせるだろうな。

＊俺だけのものにしたい

そして迎えたクリスマスイブ当日。

外は気温が低く、とても寒かったけれど、天気は晴れ。

私はいつもよりオシャレな服を着て、メイクもちょっと念入りにして、待ち合わせ場所へと出かけた。

なんだか張り切っているみたいで変だけど、せっかくクリスマスイブにお出かけするんだから、少しはオシャレしていかなきゃね。

りっくんとは私の家の最寄り駅のホームで待ち合わせることになっている。ふたりとも同じ路線で駅が二駅離れてるから、りっくんが一度電車を降りてホームに来て、そこから一緒に電車に乗って出かける予定。

涼ちゃんのことがあってから、待ち合わせが苦手で毎回不安になってしまう私のために、りっくんは私が支度中から何度も『今向かってる』とか『慌てるなよ』とか、ちょっとしたメッセージやスタンプをスマホに送ってくれていた。

りっくんが無事だってわかるし、それを見ると絶対に来てくれるって思えて安心できる。

気をつかわせてしまって申しわけないけど、りっくんはそれを面倒に思うどころか『ゆずのこと不安にさせるほうが嫌だから』なんて言ってくれるから、本当に優しい。

琴子と待ち合わせる時にも、彼女もまた同じようにマメに連絡してくれるし、私は本当にいい友達に恵まれているなって思う。

少し早めに家を出て、約束の五分前には着くように駅に向かって歩く。

外の空気はいつになく冷えていて、たくさん着込んできたつもりだけど、やっぱりすごく寒かった。

天気予報では今夜は雪になるかもなんて言われてるくらいだし、いよいよ冬も本番って感じだなぁ。

手にはプレゼントが入った紙袋《かみぶくろ》。

せっかくのクリスマスイブだから、りっくんになにかクリスマスプレゼントをあげようと思って、この前選んできたんだ。

いつも私、彼にはお世話になりっぱなしだし。

りっくん、喜んでくれるといいんだけどなぁ……。

ICカードをピッとかざして改札を抜ける。

階段を下りて、少しドキドキしながらホームに向かうと、青いベンチにネイビーのコートを着た男の子が座っているのが見えた。

……りっくんだ。

良かった。ちゃんと会えた。

それにしてもさすがりっくん、座っているところを遠目《とおめ》に見ても、スタイルが良くてイケメンなのがわかる。

「りっくん！」

私が声をかけながら笑顔で駆け寄っていったら、りっくんはふぅっと白い息を吐きながらこちらを向いた。

「あ、ゆず」

「お待たせっ」

そのまま彼のすぐそばまで来ると、りっくんが少し驚いたように目を見開く。

「……なんかお前、今日、いつもと雰囲気違うな」

「え、そう？」

そして、私の姿を上から下までじーっと見つめてきたかと思うと、

「うん。なんていうか……いや、なんでもない」

なにか言いかけてやめる彼。

「え、なになに？」

「なんでもねぇよ」

なんだろう？　気になるな。

そんなにいつもと違うかな？　私。

「時間ギリギリになっちゃってごめんね。もしかして待った？」

五分前には着くようにと思って家を出たのに、意外にも時間ピッタリだったので私が謝ると、りっくんは首を横に振る。

「いや、全然。来たばっかだし」

だけど、よく見ると彼の鼻は赤くなっていて、なんだかすごく寒そうで。

正直さっき来たばかりのようには見えないんだけど……。

どうしよう。実はかなり早めに着いてたとか？

いつかみたいに、私がりっくんよりも早く着いちゃって不安になったりしないように。

「でも、りっくん鼻が赤いよ。やだ、実はずっと待ってた？　寒かったでしょ」

「いや、待ってない」

ほんとかな？

座っているりっくんの前に立って体をかがめて、彼の手にピタッと触れてみる。

すると、いつも温かいはずの彼の手が、今日は私以上に冷たくなっていて驚いた。

「えっ、冷た！　りっくんの手、超冷えてるじゃん！　絶対めちゃくちゃ早く来てたでしょ」

「そんなことねぇって」

なんて言いながらサッと視線をそらす彼の目は、少し笑っているように見える。

ほら、やっぱり早く来て待っててくれたんだ。

それをあえて認めないところがまた彼らしいんだけど。

寒い中、待たせちゃって悪かったな。

りっくんが私の手を握り返し、こちらを見上げる。

「ゆずの冷え性がうつっただけだろ」

「……なっ。冷え性なんてうつるわけないじゃん！」

「ははっ」

イタズラっぽく笑うその顔は、子どもみたいでちょっと可愛い。

ぶっきらぼうだし、素直じゃない時もあるけど、誰よりも思いやりにあふれてるりっくん。

ほんとに、優しいなぁ……。

私はそのまま彼のとなりに腰掛け、一緒に電車を待った。

その後、電車に乗って目的地の駅まで着くと、私とりっくんはさっそく映画館のあるショッピングモールに向かった。

この辺りはいわゆるデートスポットで、商業施設《しょうぎょうしせつ》がたくさんあるうえに、海が近くて夜景《やけい》が綺麗だったり、今の時期はイルミネーションが有名だったりする。

映画館で前売り券をチケットに引き換えたあとは、すぐそばのフードやドリンクが売っているコーナーでドリンクをひとり一個ずつと、ポップコーンを買った。

ポップコーンは山盛りのLサイズをふたりでシェアすることに。

私にとってはひとりでも全部食べれちゃうサイズだったけど、さすがにそれはお昼ご飯をおいしく食べれなくなりそうだからやめておいた。

上映開始十分前になって中に入ると、客席はほぼ満席で、その半分以上がカップルだった。

さすがクリスマスイブなだけある。

りっくんが予約しておいてくれた席にふたりで並んで座り、流れている予告を観ながら待つ。

私がさっそくポップコーンをもぐもぐと頬張っていたら、りっくんに呆れ顔で笑われた。

「お前相変わらずよく食うな」

「うん。だって、お腹すいてたから」

「ほんと色気より食い気だよな」

なんて、もう何度言われたかわからないようなセリフ。

「ま、まぁね」

「さっそく口にポップコーンのくず付いてるし」

「え、ウソっ。どこ？」

「ここ」

りっくんがそう言って、私の口もとに手を当て、親指で拭う。

「あ、ありがと」

すると彼はそこで、なぜか急にじーっと私の顔を見つめてきて。

あれ？　どうしたんだろう。

「え、あの……」

妙に顔が近くてなんだかドキドキしてしまう。

「さっきからずっと思ってたけど、ゆず、なんか今日いつもと顔違う？」

「えっ、顔？」

「うん」

それって……もしかして、メイクのことかな？

「うーん、そう？　いつもよりがんばってメイクしたからかな」

私が何気なくそう答えると、驚いたように目を丸くするりっくん。

「はっ、そうなの？　なんで？」

「えっ、なんでって……それはまぁ、クリスマスイブだし。オシャレしたほうがいいかなぁと思って」

どうしよう。もしかして気合入りすぎだったのかな？

「へぇ。そっか」

「あ、もしかして変だった？」

「いや、べつに。変じゃやねぇよ」

「変じゃない？　ならいいんだけど」

「……に、似合ってんじゃん」

ぎこちなくそう告げると、すぐにプイっと前を向くりっくん。

あれ？　今なんか、ほめてくれたよね？　似合ってるって。

りっくんがそんなふうに素直にほめるなんて珍しい気がする。

いや、とってもレアだよ。うれしいな。

「ほんと？　良かった！　ありがとう」

私が素直に喜んだら、りっくんはそこで突然、自分もポップコーンを次々と口に運び始めた。

さっきまで私ひとりでもぐもぐ食べてたからね。

なぜか顔を私からそむけ、無言のまま黙々と食べ続ける彼。

急にしゃべらなくなっちゃったけど、実はお腹すいてたのかな？

するとその時、パッと照明がさらに落とされて、シアターの中が真っ暗になった。

いよいよ上映開始の時間だ。

ワクワクしながらスクリーンに目を向ける。

さらにいくつかの予告と、上映中の注意を促《うなが》す動画が流れたあと、ようやく映画本編が始まった。

春瀬ひまり演じる主人公が、イケメン俳優の田端くん演じるクラスメイトと、ある日からひとつ屋根の下で暮らすようになり、お互いだんだん惹かれていくというストーリー。

内容は少しアレンジしてはあるものの、原作どおりの場面もたくさん出てきたので、原作ファンの私もすごく楽しめた。

実写で再現される胸キュンシーンの連続に、心臓はドキドキしっぱなし。

最初はのんびり観ていたはずなのに、だんだんと目が離せなくなってきて、いつの間にかポップコーンをつまむ手の動きが止まっていた。

それに、気のせいかもしれないけど、主演が自分と似ているといわれる春瀬ひまりだからか、いつも以上に感情移入してしまって。

思わず『恋っていいな』って思ってしまうような、初恋の甘酸っぱい気持ちを思い出させてくれるような素敵な映画だった。

「はぁ、キュンキュンしたー！　楽しかったね～」

映画のあとは、りっくんと一緒に同じショッピングモールの中のレストランでランチ。

私は興奮がおさまらなくて、先ほど観た映画の感想をひとりでずっとペラペラと語っていた。

その話を、呆れたように笑いながらも、うなずきながらじっと聞いてくれるりっくん。

「あとね、あの教室でのキスシーン！　あれ漫画にも出てきたシーンなんだけど、実写で観るとまたヤバいね！　めちゃくちゃドキドキした～！」

「あぁ、お前大興奮してたもんな。俺は観てて恥ずかしかったわ」

「ふふ。あの恥ずかしくなるくらいの甘さがいいんだよ～」

「……へぇ。女子ってみんなああいうことされたいもんなの？」

「うんっ。ちょっと憧れるよね」

思わず両頬に手を当てて、またさっきのシーンを思い出しながらニヤける私。

「ふふふ。また漫画読み返したくなってきちゃった〜」

そしたらりっくんがこちらを見てクスッと笑う。

「まぁ、ゆずが楽しそうで良かった」

その顔は、さっきまでの呆れたような表情とは違って、とても優しくて。見守るような彼のまなざしに、胸が温かくなった。

「うん、楽しい！　クリぼっちよりずっと良かった。さそってくれてありがとう」

「いや、俺もヒマだったし。ちなみに、このあとどうする？」

そう言って、手もとの腕時計を確認するりっくん。

そういえば、今日は映画を観にいこうってだけで、ほかにはなにも決めてなかったんだ。

でもこの辺りならいろいろあるし、いくらでも時間をつぶせそう。

「どうしよっか？　とりあえず、そのへんブラブラする？」

「そうだな。それに、夜にはイルミネーションとかもやってるみたいだし。せっかくだから見ていかね？」

イルミネーションという言葉に反応して、目を輝かせる私。

「うん！ 見るっ！」

「お前時間大丈夫？」

「大丈夫だよ。今日は元から一日ヒマだもん。私もイルミネーション見たい！」

「じゃあ決まりな」

「うんっ」

そして、午後からはこの辺りをブラブラして、暗くなったらイルミネーションを見てから帰ろうということになった。

こういう予定も、りっくんとだといつもスムーズに決まる。

お互い変に遠慮したり気をつかったりもしないし、そもそも気が合うからあまり意見もぶつからないし。

やっぱりりっくんといるとすごく楽で、居心地がいい。

それに特別なにかしていなくたって、一緒にいるだけで、話しているだけで楽しいから。こういう関係って貴重だなと思う。

その後たのんだ料理が運ばれてきて、私はボリュームたっぷりのステーキを、りっくんはパスタをそれぞれ食べた。

運んできた店員さんは、ステーキをたのんだのが私のほうだってわかった瞬間驚いた顔をしてたけど。

りっくんにも、「あれだけポップコーン食ってよくそんなに食えるな」って感心されてしまった。

さらにはせっかくクリスマスイブだからということで、食後にふたりしてケーキも注文。

私はさんざん迷った挙句《あげく》、クリスマス限定と書かれたいちごタルトを選んだ。

りっくんは、これまたおいしそうなチョコレートケーキ。

「うわぁ、おいしそう～！」

どちらのデザートも見た目がすごく凝《こ》っていて可愛くて、食べるのがもったいないくらいだった。

――カシャッ。

すかさずスマホを取り出して、写真に収める私。

「ねぇりっくん、写真撮って！　それで私に送って」

「いいけど」

りっくんにたのんでケーキと一緒の写真も撮ってもらい、ついでに彼の写真も撮らせてもらう。

ケーキを前に少し困ったような顔でぎこちないピースをするりっくんには、笑っちゃったけどね。

こうやってお互いに写真を撮り合ったりするのも、すごく楽しい。

さらにりっくんは、自分のスマホで私とのツーショットも撮ってくれて。

すぐにその写真を私のスマホにも送ってくれたので見てみたら、はにかみながら笑う私たちは、なんだか本当の恋人同士みたいに見えて、少し照れくさかった。

「あぁ、おいしかった！」

私は結局そのいちごタルトをあっという間にたいらげてしまい、写真を撮っている時間よりも食べている時間のほうが短いくらいだった。

まだ半分も食べ終わっていないりっくんが驚いたように目を丸くする。

「食うの早っ」

「へへ。だっておいしかったんだもん。なんかねぇ、まさにクリスマスの味って感じだった」

「どんな味だよ」

「えー、だからクリスマスっぽい味だよ。イチゴとかクリームたっぷりなの。りっくんのチョコレートケーキもすごくおいしそうだよね」

私が何気なくそう呟くと、りっくんがふと私の顔を見上げる。

「なに、欲しいの？」

「えっ」

あれ、ケーキ狙ってるって思われた？

「いや、あの、そういうわけでは……」

「ひと口食べる？」

でもそんなふうに言われたら、断る理由がない。

「う、うんっ。食べる！」

「ハイ」

そしてりっくんはフォークにたっぷりチョコレートケーキを取ると、私の口に運んでくれた。

まさか食べさせてくれるとは思わなかったので、ちょっぴり照れくさかったけど、喜んでぱくっと口にする。

「ん……っ。おいしい〜！」

りっくんのケーキは甘さ控えめだったけれど、その甘さ加減《かげん》がまた絶妙《ぜつみょう》で、チョコレートの味も濃厚《のうこう》ですごくおいしかった。

一気にまた幸せな気持ちでいっぱいになる。

そしたらその様子を見ていたらしい斜め前の席の女の子ふたり組が、こちらを見ながら騒ぐ声がふと耳に入った。

「ねぇちょっと、見たー？　今のカップル！」

「見た見た！『あーん』ってしてたよね？　ああいうの羨ましい～」

「しかも彼氏超イケメンじゃない？　見てるだけでキュンキュンするんだけど」

「わかる！　彼女も可愛いし。美男美女カップルだよね。いいなぁ～、ラブラブで」

その言葉にドキッとする私。

こんなラブラブって……そっか。私たち、はたから見たらカップルに見えるんだよね。

こんなクリスマスイブにふたりでいるくらいだし。

でも、いざそんなふうに言われると、すごく恥ずかしくなってくる。

いつものノリで過ごしてたつもりだったけど、周りからはそれがラブラブに見えるのかな？

仲がいいのは事実だけど……。

思わず目の前のりっくんのことを、ちょっとだけ意識してしまいそうになった。

お昼ご飯のあとは、ショッピングモールの中をふたりでブラブラした。

本屋や服屋、雑貨屋なんかをあちこち見て回って、お互いに買い物をしたあと、ゲームセンターで遊んだりして。

りっくんとこうしてふたりきりで出かけるのは久しぶりだったけど、やっぱりすごく楽しかった。

あっという間に時間が過ぎていく。

夜ご飯にはピザが人気だというイタリアンのお店で一緒にピザを食べて、食べ終わったころには外がだいぶ暗くなってきたので、約束のイルミネーションを見るためショッピングモールを出て海沿いの遊歩道《ゆうほどう》まで向かった。

近くまで来たとたん、辺り一面に広がる光のアートに一瞬で目を奪われる。

「うわぁ、なにこれ！　すご～い！」

キラキラと瞬《またた》く無数の光に照らされて、まるで夢の中にいるみたいで。

外は昼間よりさらに冷え込んでとっても寒かったけれど、それを忘れてしまうほどに美しい光景だった。

「キレイだね～。すごいロマンチック！」

「ほんとだな」

「あっ、あの雪だるますごく可愛い！」

さっそくテンションが上がってしまった私は、スマホを取り出すと、イルミネーションの写真を次々撮る。

「ねぇねぇりっくん、こっちはお花が並んでるよ！　色が全部違うんだね。すごーい！」

りっくんはそんな私を見て、いつものように呆れ顔で笑っていた。

「おい、はしゃぎすぎて迷子になるなよ」

「ならないよー。子どもじゃないもん」

「ウソつけ。水族館で迷子になってたじゃねーかよ」

「……あっ。あれはまぁ……あはは」

私が苦笑いすると、りっくんが急に私の手を取り、ぎゅっと繋いでくる。

えっ……？

思わずドキッと跳ねる心臓。

「とりあえず、ちゃんと俺のそばにいて」

「……っ」

「危なっかしいからな。ゆずは」

そう言われて、とくに深い意味はないんだろうけれど、なんだかとてもドキドキしてしまった。

『そばにいて』だなんて……。ビックリした。

今日って学校じゃないから、べつに恋人のフリをしてるわけではないんだよね？

まさかこうして手を繋いだりすると思わなかったな。

なんかもう、これじゃ本当にりっくんが彼氏みたいに思えてくるよ。

「あ、そういえばね、りっくんに渡したいものがあるの」

イルミネーションをひととおり見終えたあと、私は用意していたクリスマスプレゼントをりっくんに渡すことにした。

渡すタイミングを迷ってる間に時間が過ぎて、結局最後になっちゃったけど、喜んでくれるといいな。

「えっ、俺に？」

「うん。クリスマスプレゼントだよ」

そう言って持っていた紙袋を差し出すと、りっくんは少し驚いた顔をしながらも、快く受け取ってくれた。

「マジかよ。ありがとう」

「ふふふ。今すぐ中身見てもいいよ」

「いいの？」

「うん」

私がうなずくと、さっそく中身を取り出し、ラッピングの袋を開ける彼。

「……なにこれ、帽子？」

「そうだよ。前にりっくんに借りたキャップ、私がもらっちゃったから」

そう。私が今回プレゼントに選んだのは、りっくんに似合いそうだと思った黒のキャップ。

実はこの前、修学旅行でりっくんに貸してもらったキャップを、私が気に入って
ずっとかぶってたら、りっくんが『お前にやるよ』なんて言ってそのままくれたので、
お返しにと思って今回プレゼントに買ったんだ。

「あぁ、あれか。べつに気にしなくてよかったのに。でもいいじゃん、これ。ありがとう」

「ほんと？　気に入ってもらえた？」

見上げると、りっくんが笑顔でうなずく。

「うん。まさかゆずがプレゼントくれるなんて思わなかったし。すげぇうれしい」

「良かった〜」

「ありがとな。大事にする」

そう言ってポンと頭に乗せられたりっくんの大きな手。

思いがけず、すごく喜んでくれたので、うれしくなった。

「それじゃ、これは俺から」

すると今度は、彼もカバンの中からなにか袋を取り出してみせる。

それを見て驚く私。

「えっ！　ウソ。りっくんも⁉」

「うん。だってクリスマスだし」

まさか、りっくんも私にプレゼントを用意してくれてたなんて。

「ハイ。俺のも開けていいよ」

手渡されたのは、リボンが付いた可愛い不織布《ふしょくふ》のラッピング袋。

私は言われたとおり、すぐに開けてみることにした。

リボンをほどいて中身を取り出す。

すると中から出てきたのはなんと、毛糸でできたピンクベージュの手袋で。白いウサギの模様と雪柄が入っていて、とっても可愛い。

「わぁ〜っ！　可愛い手袋！」

私が興奮して目を輝かせると、りっくんがボソッと呟く。

「ゆずの手、いっつも冷えてるからな」

そう言われて、ふとこの前、私が手袋に穴が開いたって話を彼にしたことを思い出した。

もしかして、それを覚えててくれたのかな？

「ありがとう！　新しい手袋欲しかったからすごくうれしい！　今つけてもいい？」

「いいよ」

さっそく両手にもらったばかりの手袋をはめてみる。

手にはめると、白いウサギが目立ってもっと可愛かった。

「可愛い～！　これでもう手が寒くない！」

冷えていた両手が一気にあったまっていくような気がする。

「ありがとうりっくん。大事にするね」

笑顔でお礼を言ったら、りっくんも優しい顔で笑ってくれた。

「喜んでもらえて良かった」

うれしくて、なんだか心までぽかぽかとあったまっていくような感じ。

まさかこんなふうにプレゼントまでもらえるなんてね。

なにも言わなくてもふたりとも用意してるなんて、気が合うなぁ。

私、こんな楽しいクリスマスイブを過ごせたのは初めてかもしれない。

今日りっくんと一緒にここに来れて良かったなって、あらためて思った。

「はぁ、楽しかったね～」

映画も観て、ご飯も食べて、イルミネーションも見て、この日を満喫《まんきつ》した私たち。

だけど、そろそろもう帰る時間。

寒い中、りっくんとふたり駅に向かって歩く。

周りにも今から帰る様子のカップルの姿がチラホラあって、今日がもう終わってしまうんだなと思ったら、なんだかちょっぴり寂しい気持ちになった。

楽しい時間はあっという間っていうけれど、本当にあっという間だったな。

今日さそってくれたりっくんには感謝しなくちゃね。

駅に着くと、駅前の広場にはここもまた飾り付けされた大きなツリーがライトアップされていて、とっても綺麗だった。

学校の最寄り駅にあるものよりも、もうひと回り大きい。

りっくんがスマホで電車の時間を調べるから待ってと言うので、私はその間ツリーをじっと眺めていた。

電飾がキラキラと七色に光ってとても眩しくて、見ていたらなんだか吸い込まれそうになる。

せっかくだから、これも写真を撮っておこうかな。

カバンからスマホを取り出し、カメラを起動《きどう》する。

すると、画面の中にチラチラと小さな白い粒《つぶ》が飛び込んできて。

あれ？　ウソ。もしかしてこれって……。

慌てでカメラから目を離し、辺りを見回すと、その正体はなんと雪だった。

「わあぁっ、雪……」

思わず両手を広げ、掬《すく》うようなポーズをする私。

天気予報では夜、雪になるかもなんて言ってたけど、本当に降るなんて。

この冬初めての雪だよ。

すぐさま近くにいたりっくんの腕を引っ張り、声をかける。

「ねぇりっくん、見て見て！　雪だよ！」

「えっ？」

「ほらっ」

指を差して見せたら、りっくんも驚いたように目を見開いた。

「うわ、ほんとだ。すげぇ」

「キレイだね〜。まさかクリスマスイブに降るなんて。ロマンチック」

目の前には七色に輝くツリーと、その上から降り注ぐ白い粉雪《こなゆき》。

それは美しい光景以外の何物でもない。

「ホワイトクリスマスだな」

りっくんが私のほうを見て、微笑みながら呟く。

「ほんとだね」

少しの間その場にふたり並んで、降ってくる雪をじっと眺めていた。

本当に綺麗だなぁ……。

ずっと見ていたくなっちゃう。

「なんか、こんなタイミングで降られたら、帰るのがもったいなくなっちゃうよね」

雪を見上げながら、何気なくそんなことを口にする私。

すると、となりにいたりっくんがふいにこちらを向いて。

「……じゃあもう、帰るのやめとく？」

「え？」

その言葉にドキッとして目を見開いたとたん、ぎゅっと片方の手首を掴まれた。

りっくんのまっすぐな瞳が、私の姿をじっととらえる。

ドクン、ドクンと、わけもなく早まる鼓動。

そして、そのまま彼は掴んだ手をグイっと自分のほうへ引き寄せると、もう片方の手を私の耳の横にそえ、覗き込むようにゆっくりと顔を近づけてきた。

あれ……？　ちょっと待って。

りっくんの柔らかい唇が、そっと私の唇に重なる。

突然の思いがけない出来事に、一瞬思考が停止した。

ウソ。なんで……。

キスされたんだとわかった瞬間、体が一気に熱を帯びていく。

りっくんは唇を離すと、固まる私を両腕でぎゅっと強く抱きしめる。

「……ごめん、もう無理。やっぱ、フリなんかじゃ足りねぇよ」

「えっ……」

「好きだ。ゆずのこと、俺だけのものにしたい」

耳もとでそう告げられた瞬間、心臓が今までにないほど大きな音を立てて飛び跳ねたのがわかった。

……ウソでしょ。りっくんが、私を好き？

そんな……。

「本当は俺、最初からずっとお前のことが好きだった。彼氏のフリするって言ったのも、本当は女よけなんてどうでも良くて、お前のそばにいたかったんだよ」

「う、ウソ……っ」

そうだったの？

想像もしていなかった彼の本音に、驚きを隠せない。

「もちろん、お前が元カレのことを忘れられないのは知ってるし、伝えようか迷った」

りっくんがそう言いながらゆっくりと腕を離し、戸惑う私の顔を見下ろす。

「でも、それでもいい。俺は、お前の傷も全部背負うつもりだから。本物の彼女になって」

「……っ。りっくん……」

まさか、私の気持ちを知ったうえで、そんなふうに言ってくれるとは思わなかったので、思わず胸が熱くなった。

ど、どうしよう……。

たしかに今までも、りっくんは私が困ってたら必ず助けてくれたし、時々ドキッとするようなことを言ってくる時があったたし、自分が特別みたいに感じられることは何度もあった。

でもそれは全部、親友だからとか、彼氏のフリをしてるからだと思って、本気にしてなかったんだ。

本当は、私のことを好きだったからなんて……。

じゃありっくんは、ずっと私のことを想っていてくれたの？

今までの私が勘違いするようなセリフも行動も、全部ウソじゃなかったってこと？

「俺じゃ、ダメ？」

りっくんが、黙りこくる私に問いかける。

そのまっすぐな瞳を見ていたら、彼の想いがすごく真剣なんだって、痛いほど伝わってくる。

だけど、心の中ではうれしいと思ってるはずなのに、すぐには言葉が出てこなかった。

なんて返事をしたらいいんだろう。私は、どうしたいのかな……。

自分で自分の気持ちがわからなくなる。

りっくんの気持ちは、本当にうれしい。今まで告白されたどの時よりもうれしかった。

今のキスだって、全然嫌だなんて思わなかったけど……。

その反面、すごく戸惑ってしまった。

突然すぎて気持ちがついていかないというか。

もちろん私だって、りっくんのことを男の子としてまったく意識していなかったわけじゃないと思う。

一緒にいてドキドキしたり、ときめいたりすることは何度もあったし、最近だんだんとりっくんの優しさに自分が惹かれ始めていることには、なんとなく気付いてた。

でも、これが恋なのかどうかは、まだ自信がないんだ。

本当に彼と恋人になれるか？っていったら……正直勇気が出ない。

やっぱり心の中では涼ちゃんのことをいまだに引きずっているのも事実だし。

りっくんのことを、涼ちゃん以上に好きになれるかどうかもわからないなんて思ってしまう。

りっくんは、それでもいいって言ってくれたけど。でも……。

彼は、私にとってかけがえのない大切な友達。

だからこそ、こんな中途半端な気持ちのまま彼と付き合うのはいけないことのような気がする。

このまま彼の優しさに甘えてしまうのは、ずるいんじゃないかって。

彼の気持ちがすごく真剣だってわかるからこそ、なおさら——。

やっぱり私には、まだ……。

「あ、あの……っ」

長い沈黙の末《すえ》、恐る恐る口を開く。

「ありがとう……。りっくんの気持ち、すごくうれしい。でも、私……」

言葉に詰まる私を、りっくんが不安そうな目で見つめる。

その切ない表情に胸がズキンと痛む。

「り、りっくんとはやっぱり……友達で、いたい」

「えっ……」

「だから……ごめんなさいっ」

口にしたとたん、涙があふれてきた。

結局私は、こんなふうにしか言えなかった。

どうしたら彼を傷つけなくてすむのか、瞬時に一生懸命考えたけど、ほかに言葉が見つからなくて。

りっくんに惹かれている気持ちもあったから正直迷ったけれど、期待させるようなことを言うのはいけないと思ったし、彼の気持ちを知ってしまった以上、このまま恋人のフリを続けることはもちろん、今までどおりの関係でいることもできない。

本当は、この関係をこわしたくはなかった。りっくんを失いたくなかった。

でも、そんなの私のワガママだから……。

「ゆず……」

りっくんが潤んだ目で私を見つめながら、再び問いかけてくる。

「どうしても、俺じゃダメ？　やっぱり友達以上に見れない？」

私はこぼれ落ちる涙を、もらったばかりの手袋をした手で拭いながらうなずいた。

「う、うん……」

友達以上だと思ってるんだよ、本当は。でも……。

「や、やっぱり私、今はまだ……新しい恋は、できないと思う……」

震える声でそう告げたら、りっくんは小さな声で納得したようにうなずいた。

「……そっか」

胸が苦しくてたまらなかった。張り裂けそうだった。

今までだってたくさんの告白を断ってきたけれど、こんなに辛い気持ちになったのは初めてだった。

もう恋なんてしなくていい、誰とも付き合わない、そう思っていたはずなのに。

初めて本気で迷ってしまったから。

もちろん、このまま付き合ったら、りっくんのことをすごく好きになれるかもしれない。りっくんなら大丈夫かもしれないとも思う。

だけど私、それもまた怖いんだ……。

どうしても、大切な人を再び失ってしまったらどうしようという恐怖が消えない。

心のどこかで、誰かをまた本気で好きになるのが怖いと思っている自分がいる。

りっくんが自分にとって大切な人だと思うからこそ、怖いんだ。

「……っ、ごめんね」

私が泣きながらもう一度謝ったら、りっくんがそっと私の頭を撫でる。

見上げると、彼の目にも少し涙が浮かんでいるように見えた。

「いや、俺のほうこそ、今まで付き合わせてごめん。自分で彼氏のフリとか言い出したくせに、こんなの契約違反だよな」

「そんなこと、ないよ……。りっくんが謝らないで……っ」

「でも俺、毎日ゆずの近くにいられて、うれしかった。すげぇ楽しかったよ」

そんなふうに言われたら、ますます涙が止まらなくなる。

「わ、私も……っ、楽しかったよ……」

まるでこれが、最後のお別れみたいに言わないで。

りっくんがどこか遠くへ行ってしまうように感じる。

おかしいよね。私よりも、りっくんのほうがずっと辛いはずなのに。なんで私がこんなに泣いているんだろう。

「だからこれでもう、契約終了ってことで。恋人のフリは解消《かいしょう》だな。今までありがとな」

りっくんが握手を求めるように、手を差し出す。

その手をそっと握る私。

「……うん。ありがとう、りっくん」

そして、この日を境《さかい》に私たちの仮の恋人契約が終了した。

第三章

＊後悔しないように

クリスマスも終わって、そのまま学校は冬休みに入った。

毎日寒い日が続く中、私は一歩も外に出れなくて、家の中にこもりっきり。

学校の課題をやるにも集中力がなくて、すぐに考えごとをしたりスマホをいじってしまう。

SNSチェックをしながら、気付けばクリスマスケーキの前で微笑むりっくんとのツーショット写真を、何度も何度も開いている。

なにもする気になれなくて、ただため息がつのるばかりだった。

心の奥にぽっかりと穴が開いたみたいな感覚が、あのクリスマスイブの日の夜からずっと続いている。

りっくんに告白されたこと。キスされたこと。

思い出すたびに胸が苦しくなる。

りっくんとはあの日以来、顔を合わせていないし、連絡も取っていない。

いつもなら、こういう長期休みは課題のこととかどうでもいいことを気軽にメッセージで送り合ったりしてたけど、それもできないし。

『友達でいたい』なんて言ったけど、今までどおりなんて無理に決まってる。

それがわかっていたから、辛くてたまらなかった。

りっくんが、このままどんどん離れていってしまうような気がして……。

私たちはもう、今までみたいにふざけ合ったりして、仲良く過ごすことはできないのかな。

できるわけがないよね……。

そう思うと、寂しくてたまらない。

自分はりっくんの気持ちにこたえることができなかったくせに。

今までどおりでいたいなんて、勝手だよ。

ゴロンとベッドに寝《ね》ころがり、抱き枕《まくら》にしがみつく。

ベッドサイドの棚には、この前観た映画の原作漫画がずらっと並んでいる。

冬休みになったら全巻読み返そうなんて思ってたのに、結局それもできなかった。

だって、りっくんと映画を観にいった時のことを思い出しちゃうから。

りっくんのことを思い出すと、泣きそうになるから。

一緒に過ごした思い出とか、楽しかった記憶が今さらのようにどんどん思い浮かんできて、苦しい。

何度も見ていたクリスマスイブの写真も、見るたびに辛くなるので、思いきって全部削除《さくじょ》した。思い出そのものを消すように。

りっくんのことを傷つけてしまったという罪悪感が、ずっと心の中に渦巻いている。

りっくんは今、どんな気持ちでいるのかな。

これから私、りっくんとどんなふうに接していけばいいのかな。

もしかして、このままずっと気まずい関係になってしまうのかな……。

そんなことばかりが頭の中をめぐって、ずっとモヤモヤしていた。

――ピーンポーン。

その時ふと、インターホンの音が鳴って、ハッとして体を起こす私。

レースカーテンを開け、二階の部屋の窓から外を見ると、玄関にはベージュのコートに身を包んだ女の子の姿があった。

……あっ、琴子だ。

「柚月ーっ！　お客さんよー！」

「はーい」

ちょうど階段の下からお母さんにも声をかけられ、慌てて一階まで降りていく私。

実は今日は、琴子と一緒にうちで勉強をすることになってるんだ。

冬休みの課題をふたりで一緒にやろうって、私が彼女を呼んだの。

でも、本当の目的は、りっくんとのことを話したかったからだったりして。

実はまだ琴子には、りっくんに告白されたことを報告していない。

クリスマスイブの日の夜、本当は電話で相談したかったけど、琴子は彼氏の家に泊まってたから、邪魔すると悪いなと思って言えなかった。

その後も琴子は塾があったり彼氏と会ったりで忙しそうだったから予定が合わなくて、今日やっと会えることに。

どうせなら直接会って話したいと思って。

琴子になんて言われるかなって少しドキドキしたけど、彼女が部屋に来るなり、私はさっそく全部のいきさつを話した。

「あ、あのね琴子、実は……」

りっくんとクリスマスイブに映画を観て、その帰りにキスされたこと。

『ずっと好きだった』と告白されたこと。

私がその場で彼を振ってしまったことも……。

ひととおり打ち明けると、琴子は意外にも驚いたような顔は一切せず、考え込んだようにウンウンと首を縦《たて》に振ってうなずいた。

そしてひと言。

「……そっか。ついに告ったか」

「えっ！　ついにって……」

「私はずっと梨月くんの気持ち知ってたよ。まぁ、本人から直接聞いたわけじゃないけどさ。彼の態度見てたらバレバレだったから、絶対そうなんだろうなって思ってた」

「えっ、ウソっ！」

そうなの⁉

思いがけないことを言われてギョッとする私。

「いや、あれで気づかないわけがないよ。たぶん玲二くんだって知ってたと思うよ」

「えぇっ！　玲二くんも⁉」

たしかにふたりしていつも冷やかしてくるなとは思ってたけど……。あれって気付いてたからだったの？

「うん。柚月はすごくにぶいからなぁ～。正直なんで気付かないんだろうってずっと思ってたよ。だってよく考えて。そうでもなかったら、あの梨月くんが恋人のフリなんてするわけないじゃん」

「なっ……」

「好きでもない子と手を繋いだりするような人じゃないでしょ、彼は」

あらためてそう言われてみると、たしかにそうだなって思った。

なんで私、気が付かなかったんだろう。

自分に関わることって、なかなか冷静に見ることができない。

今になって思えば、りっくんの態度はすごくあからさまだったのに。

「だから私は、あのままふたりがくっつくのを応援してたんだけどね。本当は」

「……………」

思わず下を向いたら、そんな私の顔を琴子がじっと横から覗き込んできた。

「ねぇ、ひとつだけ聞いてもいい？」

「な、なに？」

「柚月は梨月くんのこと、本当になんとも思ってなかったの？」

「……っ」

そう言われると、言葉に詰まってしまう。

私だって、りっくんのことをなんとも思ってなかったわけじゃない。

それは自分でもわかってる。

「し、正直に言うと……」

「言うと？」

「自分でも、りっくんに惹かれてた気持ちは、あったと思う……」

「……っ！　ほら〜っ、ちょっと！　やっぱりそうじゃん！」

「で、でもっ、『本当に付き合う』ってなったら、イエスとは言えなくて……」

そう。だからってやっぱり、ＯＫはできなかったんだ。

「それってやっぱり……元カレのことが理由なの？」

琴子が少し遠慮がちに聞いてくる。

「……うん。やっぱり私、まだ涼ちゃんのこと引きずってるし、りっくんのことを本気で好きなのかもまだわからないし、こんな中途半端な気持ちのまま付き合うなんてできないって思ったから」

「うーん……」

「それに、いまだに心のどこかで新たに誰かと付き合うのが怖いって思ってる自分がいて。自分の中で、気持ちの整理が完全についてないっていうか……。まだ新しい恋をする勇気がないの」

私がそう告げたら、琴子は半分納得したような顔で腕を組みながらうなずく。

「そっか。まぁ、柚月の気持ちもわかるんだけどね。私だって、親友だと思ってた男の子にいきなり好きって言われたら戸惑うだろうし、同じように彼氏を亡くす経験をしてたら、やっぱり柚月みたいに思うのかもしれない」

琴子の視線が再び私をとらえる。

「でも私は、梨月くんとなら、柚月は幸せになれたと思うけどな」

「えっ……」

「梨月くんなら本気で好きになれたんじゃないかと思う」

その言葉に、少し胸がうずく。

りっくんなら……か。

「そうかな」

「うん。だって、柚月だって本当は、いつかは新しい恋をしたいって思ってるんでしょ？」

「……うん」

「だったら、今すぐにじゃなくてもいいからさ、ちょっとずつ考え直してみるとかダメかな？　梨月くんのこと」

「えっ……」

思いがけない琴子の発言に、またしても言葉を詰まらせる私。

「で、でも私、はっきり断っちゃったし。今さらそんな……。それに、りっくんだっていつまでも私のことを好きでいてくれるとは限らないし……」

待っててくれるわけじゃない。『気持ちの整理ができるまで待って』なんて、そんな勝手なことは言えない。

だから、今の私の答えは、ノーとしか言えなかったんだ。

「うーん。そうだけど、私はそう簡単に梨月くんの気持ちが変わるとは思えないけど
ねぇ。まぁ、潔《いさぎよ》くあきらめて、ほかに好きな子ができる可能性もなくはないけどね」

「……」

「どちらにしろ、柚月が後悔しないようにしなよ」

琴子がポンと私の肩を叩く。

「うん。そうだよね」

その言葉に、私は深くうなずいた。

後悔しないように……か。そのとおりだ。

正直、今でもこれで良かったのかな、なんて思ったりするから。

あの日からずっと胸の奥が空っぽで、寂しくてたまらなくて。

私、りっくんを振ったこと、どこかで後悔してるのかな。

だからこんなに胸が痛いのかな?

自分で自分がよくわからないよ……。

＊こんな気持ちになるなんて

短い冬休みが終わって新学期を迎えると、私とりっくんが別れたという噂が一気に学年中に広まった。

実際は、恋人のフリをやめたというだけなんだけど。

その反響は想像以上で、みんな信じられないといった様子。

『ビッグカップル破局《はきょく》！』みたいに大騒ぎされて、なんだかとても複雑な気持ちだった。

ただでさえりっくんとは少し気まずいのに、これじゃよけいに気まずさが増してしまう。

中には別れた噂を聞き付けたとたんに、私に告白してくる男子なんかもいて。

正直今はそっとしておいてほしい気分だったけれど、そうはいかない。

りっくんとはお互いに表向きは普通に接したかったけど、周りの目もあって非常に話しかけづらくなってしまった。

べつに彼と仲が悪くなったとか、そういうわけじゃないのに、どうしても距離ができてしまう。

もうりっくんとふざけ合ったり、くだらない話で笑い合ったりすることはできないのかな。

あのころの私たちにはもう戻れないのかな。

そう思うとすごく寂しいし、胸が苦しくなる。

今までどおりの関係なんて、望んだところで不可能だ。

当たり前だよね。こうなることをわかってて、彼の告白を断ったはずなのに。

今さらなにを考えているんだろう……。


放課後になると、琴子がいつものように慌てて教室を出ていく。

彼女はあのクリスマスイブ以来、彼氏の佐伯くんとますますラブラブになって、毎日幸せそうにしてる。

今日も待ち合わせて一緒に帰るみたいだし。

良かったなぁと思う反面、ちょっぴり羨ましかった。

りっくんとは冬休みが明けてからは、まだ一度も一緒に帰っていない。

べつにさけているわけじゃないけど、なんとなく『一緒に帰ろう』とは言いづらくて。

それは向こうも同じだろうし、仕方ないやと思ってここ最近は、毎日暗い中ひとりで帰っていた。

時々他校生にナンパされたり、おじさんに声をかけられたりもする。

そのたびに、あらためてりっくんがそばにいてくれたことのありがたみを実感する。

ひとりで帰るのって結構寂しいんだな、なんて思ったりして。

今さらのように彼を恋しく思っている自分に呆れてしまった。

バカだな、私……。

いつものように下駄箱の前に来て靴を取り出し、上履きをしまう。

すると、その時ふととなりに誰かがあらわれて、同じように上履きをしまうのが見えた。

見覚えのあるその姿にハッとして振り返ると、そこにいたのは……。

「りっくん！」

思わず声が大きくなった。

偶然。こうして帰りにバッタリ会うなんて。

「あ、ゆず」

彼もちょっと驚いたようにこちらを見る。

「今帰り？」

「うん」

「そっか。私もだよ。あれ、玲二くんは今日バイト？」

「いや、アイツは今日は友達とカラオケだって」

「へーっ、そうなんだ～」

なんだか普通に話せていることに少し安心する。

どうしよう。偶然こんなところで会っちゃったし、この際一緒に帰ろうって声をかけてみようかな？

だって、りっくんも今帰るところなんだもんね？

そう思って恐る恐る声をかける私。

「あ、あの、良かったら……一緒に帰る？」

だけど、りっくんはそれを聞いて数秒考え込んだように黙ると。

「……ごめん」

少し困った表情を浮かべながら謝ってきた。

「実は俺、冬休みから玲二がバイトしてるカフェで一緒にバイト始めたんだ。それで今日もこれからバイトで、急いでて」

「えっ！　そうなの？」

知らなかった。りっくんいつの間にバイトなんかしてたんだ。

「だからもう、あんまり一緒に帰ったりとかできないと思う」

その言葉に、ドクンと心臓がにぶい音を立てる。

「あ……そ、そっかぁ……」

「ごめんな」

「う、ううん！　大丈夫。偉いね、バイトなんて。がんばってね！」

「あぁ。ゆずも気を付けて帰れよ」

「うん、ありがとう」

「それじゃ」

そのまま靴を履き、背を向けてサササッと昇降口を出ていくりっくん。

私はその背中を見送りながら、しばらくその場で呆然としてしまった。

一緒に帰れない……か。

その言葉にわけもなくショックを受けている自分に驚く。

りっくんがバイトを始めたことを、今聞くまで知らなかったことも少しショックだったし。

彼との間にまた距離ができてしまったように思えて、寂しかった。

仕方ないよね。今までどおりになんてできるわけがないのに。

どこかでそれを望んでいた私がワガママなんだ。

りっくんのことはもう、今までみたいに頼ったらいけない。甘えたらいけない。

わかってたつもりだけど、私はどこかで甘えていた。

だからもう、やめにしなきゃ……。

凍えるような冬空の下、薄暗い帰り道をひとりでとぼとぼ歩きながら、何度も心の中で自分に言い聞かせた。


それからというもの、私とりっくんは学校でも次第に話さなくなって、そのままどんどん距離ができていってしまった。

私が遠慮し始めたのもあるけれど、それ以上に彼のほうから距離を置かれているような感じがして。

いつも一緒にいたはずの彼は、いつの間にか私のそばからいなくなっていた。

私を取り巻く環境も、りっくんを取り巻く環境もどんどん変わっていく。

絶えず変化していく日常に、自分の心がついていかない。

今日も休み時間は、ボーッと席に座ってなんとなくスマホをいじりながら過ごす。

「梨月くん！　おはよう」

そんな時、聞き覚えのある声にハッとして目を向けると、そこにはウェーブのかかった長い黒髪を揺らしながらりっくんの席の前に立つひとりの女の子の姿があった。

あ、またあの子……。

彼女はとなりのクラスの時田亜美《ときたあみ》ちゃん。

美人で清楚《せいそ》な感じの優等生《ゆうとうせい》で、学級委員長なんかも務めるしっかり者。

りっくんや玲二くんとバイト先が同じらしく、最近りっくんの席に話しかけにきているのをよく見かける。

「あぁ、おはよ」

「これ、この前借りた本、どうもありがとう」

彼女はさっそく手に持った文庫本をりっくんに手渡すと、ニコッと笑う。

「すっごく面白かった。梨月くんのオススメの本は全部面白いね」

「そう？　なら良かったけど」

「ねぇ、またなにか貸してもらってもいい？　あの探偵シリーズも読んでみたいな」

「あー、わかった。今度持ってくる」

「ほんと？　ありがとう！」

こんなふうに本の貸し借りをしている場面も何度か目にしていて、私の知らない間にふたりはずいぶんと親しくなったようだった。

クラスメイトたちの中には、『桜井の新しい彼女候補か？』なんて噂する人だっているくらいだし。

女の子が苦手なりっくんが、特定の女の子と仲良くするなんて珍しい。

バイト先が一緒だからっていうのもあるだろうけど、気が合うのかな。

りっくんはああ見えてなかなかの読書家《どくしょか》だから、同じ読書家の彼女と好きな小説の趣味が合うのかもしれないし、彼女はテストで毎回学年順位ベストテンに入るほどの秀才だから、頭がいい同士で話が合うのかもしれない。

時々真面目な顔で、勉強の話や大学の話をしてるのも見かけるし。

……って、私ったらなにジロジロ観察してるんだろう。

りっくんの席は前から二番目で、私はその斜め後ろで前から四番目。

だから休み時間席にいると、りっくんたちの様子がよく見えるし、会話も聞こえてくるんだ。

見た感じ亜美ちゃんはりっくんに好意があるみたいで、最近では少なくとも一日一回は彼に会いにきてる。

同じバイト先の玲二くんとも仲がいいけど、彼女が話しかけるのはいつもりっくん。

もしかして、りっくんのこと好きなのかな？

それにりっくんも実は、まんざらでもなかったりして……。

そんなことをあれこれ想像しては、ひとりでずっとモヤモヤしていた。

なんか、バカみたいだな。

べつに彼がモテるのなんていつものことだし、りっくんが新たに誰かを好きになろうと、私には関係のないことなのに。

なんでこんなに気になってるの……。

ふたりが話しているのを見るたびに、胸がチクチクと痛む。

だけど私は、必死でその痛みに気付かないフリをしていた。


――ピーッ！

四時間目の授業は体育。試合開始の笛の音とともに、男子たちのバスケの試合が始まる。

私と琴子はいつものように体育館の壁にもたれながら、その様子を見学していた。

体育はいつもとなりの二組との合同なんだけど、うちのクラスは運動神経のいい男子がそろっているので、どのチームもわりと強い。

ちょうど今試合中のチームも開始早々からたくさん点を決めていて、相手の二組男子チームは圧倒《あっとう》されていた。

なにせ、元バスケ部エースのりっくんがいるし、彼の活躍っぷりはいつもすごいから。

あらためてちゃんと彼の試合姿を見てみると、やっぱりすごくカッコいい。

っていうか、りっくんってこんなにカッコ良かったっけ？

一生懸命プレーする彼のキラキラした姿を見ていたら、なんだか切なくなってきてしまう。

彼のことをすごく遠くに感じてしまって……。

今の私は、気軽に応援の声かけをすることもできない。

「やっぱりうまいね〜、梨月くんは。いつ見てもすごい」

となりで琴子が感心したように呟く。

「あれはカッコいいわ〜。女子がほっとかないわ〜。ねぇ、柚月？」

「そ、そうだね」

その横でぎこちない返事をする私。

「柚月、最近梨月くんとあんまり話してないよね？」

「……っ」

唐突に痛いところを突いてくるような質問をされて、思わず言葉に詰まった。

「うん。だって、やっぱりちょっと気まずいし。今までみたいには話せないよね」

「まぁねぇ。周りにも別れたって思われてるわけだから、よけいに話しかけづらいよね」

「うん」

「でもなんか、柚月たちが一緒にいないと、私まで違和感《いわかん》あるんだよね」

「えっ」

「あんなにいつも一緒にいたのにさ」

「う……」

そんなふうに言われると、非常に辛い。グサッとくる。

「やっぱり私、梨月くんには絶対柚月のほうが合ってると思うし」

なんて、急に意味深なことを言う琴子を見て『どういう意味だろう』なんて思っていたら、ふと彼女は視線をコートの向こうにやった。

その先にいたのはなんと、二組の時田亜美ちゃんの姿。休憩中の玲二くんと楽しそうに話している。

バイト仲間同士、やっぱり仲がいいみたい。

――ピーッ！

するとそこで、ちょうど一回目の試合終了の笛が鳴って、試合を終えた男子たちはぞろぞろといっせいにコートからはけていった。

床に置いてあった自分のタオルを手に取ると、すぐさま玲二くんと亜美ちゃんのところへ歩いていくりっくん。

りっくんが来たとたんに目を輝かせて肩をポンと叩き、「おつかれ！」と声をかける亜美ちゃん。

見た瞬間、胸の奥がズキッと痛んだ。

あぁ、また話してる……。

楽しそうに談笑《だんしょう》する三人を横目で見ながら、どうしようもなく寂しい気持ちになる。

今までは、自分もあんなふうに気軽に声をかけてたのに。りっくんや玲二くんと楽しくおしゃべりしてたはずなんだけどな。

「梨月くんさぁ、最近あの子とずいぶん仲良くない？」

しょぼんと肩を落とす私に、琴子が声をかけてくる。

「えっ」

あの子って……。

その視線はやっぱり亜美ちゃんのいるほうを向いていた。

「あの、時田亜美ちゃん、だっけ？最近いつもうちの教室に来てるし。なんか、急に梨月くんにベタベタ付きまとってる感じしない？」

その言い方はなぜか少し嫌味っぽい。まるで亜美ちゃんのことが気に入らないみたいに。

「う、うん。バイト先が同じだからね。りっくん最近バイトたくさん入れてるみたいだし、バイトでいつも一緒だから仲良くなったんじゃないかな」

「しかもあの子めちゃくちゃ頭いいんでしょ。いつもテストで十番以内に入ってるし。バイトもしながらよくそんな勉強できるよね」

たしかに。亜美ちゃんは優等生だけど、いかにも真面目ちゃんって感じでもない。

「うん、すごいよね。この前りっくんに勉強教えてるの見たもん」

「えーっ、ほんとに？　梨月くんだってかなり頭いいのに！」

「だよね。私だってりっくんに勉強教えてもらうことはあっても、教えてあげたことはないよ」

「しかも美人だしね～。まぁ、顔は柚月のほうが全然可愛いけどね」

「えっ！」

思いがけないことを言われて焦る。

どうして私と亜美ちゃんを比べるのかな？

というか、琴子が亜美ちゃんのことをこんなにも意識していることが私的にビックリなんだけど。

「なんかあの子さぁ、見た目のわりにずいぶん積極的じゃない？　私、結構あざといなぁって思って見てたんだけど」

「あ、あざとい……？」

うーん。言われてみればそんな気もしてくるけど。

でも、やっぱり琴子も亜美ちゃんがりっくんに好意があるって思ってるんだ。

どう見てもあれはそうだよね。

再び亜美ちゃんのいるほうに視線をやる私。

すると、琴子がそんな私の顔をじーっと覗き込んでくる。

「……気になるの？」

「えっ！　いや……っ」

「気になるんでしょ」

「そ、そんなことないよっ」

とっさに否定してしまった。だけどもう、バレバレだ。

「ウソつけー。ほんとにー？」

「……っ」

琴子の言うとおり、ほんとは気になるけど。いや、気になってしょうがないけど。

でもこんなのまるで、亜美ちゃんにヤキモチ妬いてるみたいだよね、私。

——キーンコーン。

四時間目が終わったあとは、いよいよお待ちかねのお昼休み。

私は琴子と、学食に行くか購買《こうばい》でパンやおにぎりを買って教室で食べるか相談していた。

最近は外が寒いせいでいつも学食が混んでるから、意外と教室のほうがゆっくり食べられたりするんだ。

財布をカバンから取り出した瞬間、琴子がふと思いついたように呟く。

「あっ、そうだ。私、ガムなくなっちゃったからあとで買わなくちゃ」

それを聞いて、私は瞬時にブレザーのポケットに手を突っ込んだ。

「えっ、ガム？　ガムならあるよ。しかもこれ、新商品なんだ。食べる？」

得意げな顔で昨日コンビニで買ったばかりのガムを取り出す私。

それはよくあるキシリトール入りのミントガムの新フレーバーで、なんとピーチミント味。

テレビCMで流れていて気になったので、おいしそうなものに目がない私はさっそく買ってみた。

「なにこれ〜！　CMでやってるやつじゃん。ピーチミント味、私も気になってたんだよね。一個もらっていい？」

「いいよっ」

「ありがとう」

琴子はガムを受け取ると、さっそく包みを開けて自分の口に放り込む。

私もついでに一個食べることにした。

もぐもぐと噛《か》むと、口の中いっぱいに広がる桃の香り。ほどよい甘さでおいしい。

「え、おいしい！　すごいピーチの味！」

「うん、これおいしいね！」

「決めた。私もこれ買おう。購買で売ってるかな？」

「どうだろう？　売ってるんじゃない？」

するとそこで、甘いガムの香りを嗅ぎつけたのか、急に玲二くんが私たちのところまで来て、話しかけてきた。

「なになに、ゆずちゃんたちなに食べてんの〜？」

「あぁこれ？　新発売のガムだよ。ピーチミント味なの」

「あ、それ知ってる！　ＣＭでやってるやつだ」

玲二くんは、今でもこんなふうに気軽に話しかけてくる。

「俺も食べてみたい。一個ちょーだい」

「いいよー」

言われてガムを一個あげたら、彼もさっそくそれを口にした。

「ん、うまい〜！　超ピーチ！　でも甘すぎなくていいね」

「でしょ。程よい甘さがいいよね」

三人でガムの話で盛り上がる。

そしたらそこにりっくんもあらわれて、後ろから玲二くんの肩をポンと叩いた。

「おい玲二、なにしてんの？」

突然の彼の登場に、思わずドキッとしてしまう私。

「おう、梨月！」

「学食行かねぇの？」

「あぁ、行く行く！　てか梨月、このガム超うまいよ」

「え、ガム？」

「うん。ゆずちゃんにもらったんだけどさ。あ、大丈夫。梨味じゃないから安心して。ピーチミント味だぜ」

なんて言いながら玲二くんが、私の持つガムを指差す。

私はとっさにりっくんにも笑顔で声をかけた。

「あっ、良かったらりっくんも食べる？　はい、どうぞ」

ガムをひと粒手に取って、彼に手渡す。

だけどりっくんはそれを見て一瞬黙ると、少し渋い顔をして。

「……いや、俺はいい。いらない」

断ると同時に、すぐそっぽを向いてしまった。

……え？

あまりのそっけない態度に、自分の表情がピシッと固まったのがわかる。

「それより玲二、早くしねぇと学食混むから行こうぜ」

さらにりっくんは玲二くんにそう告げると、サッとその場を離れて歩き出す。

「えっ、あぁ。そうだな」

そんな彼の態度に玲二くんは少し戸惑った様子だったけれど、すぐ自分も後を追うように歩き出した。

「そ、それじゃあね！　ゆずちゃん、ガムありがと！」

振り返り手を振ってくれる玲二くんの姿を見ながら、呆然とたたずむ私。

……ウソ、行っちゃった。

っていうか、なんだろう今の態度。

りっくんって、あんなにそっけなかったっけ？

いつもああいう時は、りっくんも必ず食べるって言うのに。

りっくん、桃の味好きなのに。

いつも私のまずそうなジュースだって、味見したりしてたじゃん。それなのに……

なんで目も合わせようとしないの。

あれじゃあまるで、あんまり私と話したくないみたいに見えるよ。

私たちってこんな感じだったっけ？　いつからこんなに距離ができてしまったんだろう。

告白された時、『友達でいたい』なんて言ったけど、友達に戻ることなんて結局できないんだ……。

胸の奥がズキズキする。息が苦しい。

りっくんがこのままどんどん離れていってしまう。

そう思ったら、今にも胸が張り裂けそうなくらい苦しかった。


「……はぁ」

日に日にため息が多くなる。心が重くなる。

この前りっくんにそっけない態度を取られてからというもの、私はずっと落ち込んだまま、元気を取り戻せずにいた。

もう、私からは無理に話しかけたりしないほうがいいのかな、なんて思ってしまう。

りっくんとの関わり方がもうわからなくなってきちゃったよ……。

「ねぇ、梨月くんと姫川さんってなんで別れたのか知ってる？」

休み時間、トイレの個室から出ようとしたところ、洗面台から女の子ふたりが噂話をする声が聞こえてきて、私はとっさにドアの鍵を開けようとする手を止めた。

「詳しくはよくわからないけど、姫川さんが振ったって噂だよ」

「えーっ。あの梨月くんを振るなんて信じらんない。どこに不満があったんだろ。振るくらいなら私にくださいって感じ」

「姫川さん、あのルックスだし結構モテるからね〜。だって、あの人気読モの咲夜くんのことだって振ったんでしょ。やっぱり可愛いだけあって、理想が高くてワガママなんじゃない？」

「へぇー、贅沢《ぜいたく》だね。もったいない」

ドキドキしながら聞き耳を立てる私。

声を聞く限りその子たちは知り合いではなさそうだったけれど、やっぱり自分のことを言われているのを耳にするのは心臓に悪い。

「梨月くん、まだ未練《みれん》あるのかな？」

「さぁ、どうなんだろ？　でも、最近梨月くん二組の時田さんに狙われてるのだけはたしかだよね」

時田さん。その言葉を聞いた瞬間ドクンと心臓が跳ねる。

狙われてるって……。

「あぁ、一緒に話してるのよく見かけるかも」

「でしょ？　あの子ああ見えて結構惚《ほ》れっぽいタイプみたいでさ、バイト先が一緒だかなんだかで仲良くなったらしいけど、すでに梨月くんのことかなり本気らしいよ」

う、ウソ……っ。そうなの？

「え、マジで～！　ほんとに狙ってるんだ！　どうりでよく一緒にいるなと思ってた。梨月くん的にはどうなのかな？　時田さん」

「うーん、わかんないけどさぁ。美人だし、頭いいし、清楚だし、男受けは良さそうだよね」

「やだ、そのうち付き合っちゃったらどうしよう。ショックだな～」

ドアの鍵に手をかけたままじっと固まる私。

あの亜美ちゃんが、本気でりっくんのことを好きだったなんて……。

そうだろうなとは思ってたけど、いざそれを耳にしてしまうと、なんだかとてもショックだった。

――キーンコーン。

「あ、ヤバい。戻ろう」

そのまま予鈴のチャイムが鳴って、彼女たちはいつの間にかトイレから去っていく。

だけど私はそのあともしばらく、心臓のドキドキがおさまらなかった。

なにこれ。自分でもビックリするくらいに動揺してしまっている。

なんでショックなんか受けてるんだろう私。

おかしいよね……。

その日の放課後、いつものように下駄箱で靴を履き替え、ひとりで昇降口を出たら、タイミング悪くパラパラと雪が降り出してきてしまった。

天気予報では雪が降るなんて言ってなかったから、傘《かさ》は持ってきていないし、折り畳《たた》み傘も常備《じょうび》していない。

だけど、そこまでたくさん降っているわけじゃないからなんとかなると思い、そのまま走って帰ることにした。

白い息を吐きながら駅まで急ぐ。顔にかかる雪が冷たくて、頬が痛い。

ただでさえ寒がりなのに、こんな薄暗い中を雪に降られながらひとりで帰るなんて、心まで凍えそうな気分だ。

「はぁ、はぁ……」

途中、公園の近くまで来たところで走り疲れてしまったので、膝《ひざ》に手をつきながら呼吸を整える。

すると、ふと前方にうちの学校の制服を着た男女の姿が見えた。

男の子が黒い折り畳み傘を持って、女の子を傘の中に入れてあげている。

相合傘《あいあいがさ》か。カップルかなぁ。

だけどなんか、あの後ろ姿はどこかで見たことがあるような……？

そう思って近づいていったら、次の瞬間男の子が傘をかたむけ、となりを振り返るのが見えて。

その顔を確認したとたん、心臓が止まりかけた。

「……っ」

だって、そこにいたのはまさかの、りっくんだったから。

そして、そのとなりに並んでいたグレーのコートを着た女の子は、よく見たら亜美ちゃんだった。

ドクドクと急激に鼓動が早まる。

ウソでしょ……。ちょっと待って。

なんでふたりが相合傘なんかして一緒に帰ってるんだろう。

亜美ちゃんが甘えたような声でりっくんに話しかける。

「ごめんね〜、傘入れてもらっちゃって。まさか今日雪が降るだなんて思ってなかったから。梨月くん、折り畳み傘持ってるなんて準備がいいね」

「いやべつに、バイト行くついでだから。傘はたまたま持ってただけだし」

それを聞いて、ふたりはこれからバイト先に行く途中なんだということはわかったけれど、それでもやっぱりその光景にひどくショックを受けている自分がいた。

ふと、りっくんにこの前『もう一緒に帰れない』みたいに言われたことを思い出す。

あれ以来りっくんとは一緒に帰らなくなっちゃったけど、彼はこうして亜美ちゃんとは一緒に帰ったりしてたんだ。

なんか、ショック……。

――チリンチリンチリン！

するとその時、呼び鈴を鳴らす音とともに、向こう側からものすごい勢いで自転車が走ってくるのが見えて。

その自転車が亜美ちゃんのすぐそばを通ろうとしたところを、とっさにりっくんが守るようにして彼女の肩を勢いよく抱き寄せた。

「あぶねっ！」

「きゃっ！」

一瞬、彼が亜美ちゃんを片腕で抱きしめたような体勢になって、それを見たとたん胸にズキンとするどい痛みが走る。

りっくんはすぐに彼女から手を離したけれど、その光景は私の目にしっかりと焼き付いた。

「……はー。ったく、なんだよあのチャリ。飛ばしすぎだろ。大丈夫か？」

「だ、大丈夫っ」

「お前もあんまボケッとしてんじゃねぇよ」

「ごめんねっ。ありがとう、梨月くん」

彼女の無事を確認するりっくんと、照れたように彼を見上げる亜美ちゃん。

そんなふたりの姿を見ていたら、なんだかいたたまれなくなってきて。気付いたら私はその場から逃げるように走り出していた。

来た道を引き返し、先ほど通り過ぎた公園の中へとダッシュで駆け込んでいく。

「……っ、はぁ、はぁ」

息切れしながらいつも寄り道するベンチの前まで来ると、そこにぺたんと座り込んだ。

逃げちゃった……。なにやってるのかな、私。

早く帰らないと、雪がどんどん大降りになってきてるのに。

なんだかもう力が出ない。動けない。

さっきのふたりの姿が、頭から離れなくて……。

どうしようもなく胸が苦しかった。

ねぇ、りっくんって、あんなに女子に優しくしてたっけ？

あの子は……亜美ちゃんは、特別？

いつの間にそんな仲良くなったのかな。

おかしいな、私。なんでこんなにショックを受けてるんだろう。

りっくんのこと、自分で振ったくせに。

まるで自分がいつまでも、彼の特別でいたいと思ってるみたいだ。

りっくんがほかの女の子と仲良くしてるのが、嫌だって思ってる。

ほかの子にとられたくないなんて思ってる。

なにこれ。まるで独占欲みたい……。

りっくんが私じゃない女の子を好きになったら嫌だなんて、そんなの自分勝手すぎるよね。

どうしてこんな気持ちになるんだろう。

どうしてこんなに苦しいんだろう……。

思わず膝の上に乗せた手をぎゅっと握りしめ下を向いたら、手袋のウサギ柄がふと目に入った。

クリスマスイブの日に、りっくんにもらったこの手袋。

それを見たら、急に今までの彼との思い出が、いろいろとよみがえってきて。

「……っ」

気が付いたら、どんどん涙があふれ出してきた。

あぁ、バカだ私。

全部、自分で決めたことなのに。

今までどおりじゃいられないことも、こうやって距離ができてしまうことも、わかってたはずなのに。

彼と一緒にいられない毎日が、こんなにも辛いものだなんて、思ってもみなかった。

りっくんが、自分にとってこんなにも必要不可欠な存在だったなんて。

一緒にいられなくなって、やっとわかったんだ。

やっぱり私はりっくんがいないとダメなんだって。

彼がいないと心にぽっかり穴が開いたみたいで、毎日が全然楽しくない。

このままりっくんがどんどん離れていってしまうなんて、嫌だよ。耐えられないよ。

りっくんと一緒にいたい。もう一度笑い合いたい。

戻りたいよ……。

今さらのように気が付いてしまった。自分の本当の気持ち。

私、やっぱり……りっくんのことが好き。

これが恋なのかわからないなんてずっと思ってたけど、本当はもう、とっくに恋だったんだ——。

＊気付いてしまったから

翌日、学校に着くなり、私はすぐ自分の机に突っ伏した。

金曜日だっていうのに、寝不足で朝から頭がボーッとしてテンションが上がらない。

昨日の夜はいろいろと考えごとをしていたら、結局あまり眠れなかった。

りっくんへの気持ちを自覚したのはいいけれど、これからどうしよう……。

ちゃんと彼に伝えたほうがいいんだってことはわかってる。

だけど、りっくんとの間にはいつの間にか距離ができてしまったし、自分からも話しかけづらくなってしまった。

自分ではっきり彼の告白を断ったくせに、今さらやっぱり好きだなんて都合が良すぎるんじゃないかとも思うし、りっくんのあの態度からして、私とはもうあまり関わるつもりはないのかもしれない。

亜美ちゃんの存在だってあるし……。

考えれば考えるほど、弱気になる。どうしていいかわからなくなる。

私はりっくんに対して、いつからこんなにも臆病になってしまったんだろう。

お昼休みは、いつものように琴子と学食で食べることに。

食券を購入し、引き換えた料理をテーブルまで運んできたら、その瞬間琴子に驚いた顔をされた。

「えぇっ、サンドイッチ⁉」

どうやら私が昼食にサンドイッチを選んだことが、彼女は信じられないみたい。

「ど、どうしたの？　柚月ったらサンドイッチなんかでお腹たまるの？　大丈夫？」

「え……うん。なんか今日あんまり食欲なくてさ」

「いやいや、食欲ないって、なさすぎでしょ！」

「そ、そう？」

「うん。ていうか、最近の柚月だいぶ少食だよね？　ちょっと心配になるんだけど！」

そう言われると、否定はできない。

あの無限の食欲は一体どこへ行ってしまったんだろうと自分でも思う。

「前は毎日大盛り食べてたじゃん！」

「う、うん……」

「あの柚月が食欲なくなるなんて、相当重症《じゅうしょう》だよ」

重症……。たしかに、琴子の言うとおりかも。

最近の私は、なによりの楽しみだった食べることすら楽しめていない。

日に日に食欲がなくなってる気がするし、お母さんにも心配されちゃったし。

これも全部、りっくんと一緒にいられなくなってからだ。

心にぽっかり穴が開いたみたいに寂しくて、息苦しくて。

自分が自分じゃないみたいに感じる。

ずっとずっと、私は長い間、もう二度と恋なんてできないと思ってた。

涼ちゃん以外の人を好きになることなんてないと思ってたのに。

今の自分は、気が付いたらりっくんのことばかり考えてる。彼のことで頭がいっぱいになってる。

りっくんがそばにいてくれなくなって初めて、自分の気持ちに気が付いたんだ。

いつの間にか、彼に恋をしていたことに。

本当にバカだよね……。

このままじゃダメだ。わかってる。

でも、今さらどうしたらいいのかな。

「おーい。大丈夫ー？」

サンドイッチにすら手を付けずにボーッとしていた私の顔を、琴子が心配そうに覗き込んでくる。

「あ、うんっ。大丈夫」

「ほんとに～？　なんか顔色悪くない？」

「そ、そんなことないよっ」

平気なフリしてみせたけど、たぶん隠せてない。

琴子はきっと、私がどうして元気がないのかわかってるはず。

彼女にもちゃんと話さなくちゃね。自分の気持ち。

あとで、相談してみようかな……。


あれこれ考えて過ごしていたら、あっという間に放課後になってしまった。

帰りの支度を終え、琴子とふたり教室をあとにする。

二組の教室の前を通ったらなにやらにぎやかな話し声が聞こえてきて、楽しそうだなぁなんて思いながら通り過ぎようとしたら、ふとある言葉が聞こえてきて、足を止めた。

「亜美さぁ、ほんと最近梨月くんと仲いいよね～」

ドクンと心臓が音を立てる。

「ふふふ、そうかなぁ」

「昨日も一緒に帰ったんでしょ？　かなりいい感じじゃん」

思わず教室の中をチラッと覗いたら、それは亜美ちゃんと友達の会話で。

内容が内容なだけに、ものすごく気になってしまった。

だけど、琴子もいるし、ここは放って帰らなきゃ……。

と思って琴子のほうを見たら、なぜか同じように立ち止まり、教室を覗いている。

そして人差し指を口の前に立てると、私に向かって「シッ！」なんて小声で口にしたりして。私以上に一生懸命聞き耳を立てる彼女の姿に驚いた。

これは、琴子も亜美ちゃんたちの会話が気になるってことなのかな？

「そうなの～。昨日ね、帰り道歩いてたら急に雪が降ってきちゃってさ。そしたら梨月くんが傘さして歩いてるのを偶然見つけたから、入れてもらったの～」

両頬に手を当て、ニヤニヤしながらうれしそうに語る亜美ちゃん。

「え～っ！　なにそれ、相合傘じゃん！　すごーい」

「ふふっ。ちょうどふたりともバイトに行く途中だったからね。ラッキーだった。しかもね、梨月くんたら、私が自転車にぶつかりそうになったところをとっさにかばって助けてくれたんだよー。こんなふうに、肩をぐっと引き寄せてくれてー。優しくない？」

かばって助けたって……まさに昨日私が目にしたあの瞬間だ。

「えっ！　超優しい！　少女漫画みたいじゃん！」

「でしょでしょ？　なんかあんなふうに優しくされると期待しちゃう」

「それは期待してもいいんじゃない？　梨月くん、絶対亜美のこと気に入ってると思う」

「えーっ、そうかな〜？」

「うん。彼女とは別れたわけだし、今フリーなんでしょ？　チャンスじゃない？」

「ウソ、そう思う？」

「うん！　私、絶対亜美ならいけると思う！」

「え〜っ！　ほんとに⁉　どうしよう。私、告白しちゃおうかなぁ」

まさかの展開にゴクリと唾を飲み込む私。

亜美ちゃんが、りっくんに……告白？

「うん！　いけるって！　告っちゃえ〜！」

やだ、待って。どうしよう……。

なんだかもう、この状況と自分の気持ちがこんがらがって、ついていけない。

ドクドクと鼓動が早まって変な汗が出てくる。

焦りとショックでその場から動けなくなる。

すると、そんな時ふいに横から琴子にぎゅっと腕を掴まれ、そのまま強引に誰もいない階段の前まで引っ張って連れていかれた。

立ち止まった瞬間、険しい顔をして私と向かい合う琴子。

「ちょっと柚月、今の会話聞いた⁉」

「う、うん」

「あの子、亜美ちゃん、梨月くんに告白するかもだって！　どうするの？」

「えっ。ど、どうするって……」

「やっぱり本気だったんだよ。ヤバいじゃん。このままじゃ、梨月くんあの子に取られちゃうかもしれないよ！」

「なっ……」

「ねぇ、柚月はいいの？　それでも本当に平気？」

真剣な顔で問い詰めるように聞かれて、黙りこくる私。

やっぱり、琴子はもう気づいてるんだ。私の気持ちに。

私がうつむいたまますぐに言葉を発せずにいたら、琴子が呆れたようにため息をついた。

「……はぁ。私もさ、柚月の気持ちもわかるからあんまり言いたくなかったけどさ、ちょっともう見てられないんだよね。だって最近の柚月、いつも暗い顔してるじゃん。なんか抜け殻みたいだし。そんな柚月見てるの、私だって辛いよ」

「琴子……」

あぁ、そうだったんだ。

私ったら、琴子にまでこんなに心配かけて、なにやってんだろう。

「これも全部、梨月くんの告白断ってからだよね？　違う？」

「……っ」

「柚月、本当は後悔してるんじゃないの？」

〝後悔〟という言葉がグサッと胸に刺さる。

「ねぇ、いいの？　このままで……」

ふいに顔を上げると、琴子の瞳がまっすぐに私をとらえている。

その目はまるで、すべてを見透《す》かしているかのようで。

気が付いたら、私の目からはポロポロと大粒の涙がこぼれ落ちていた。

ゆっくりと首を横に振ってみせる。

「……よ、良くない」

全部、琴子の言うとおりだ。

「全然、良くないよ……っ」

そう。私、ずっと後悔してたんだ。あの日から。

「ごめんねっ、琴子。私、ずっと気付かなくて……。でも、琴子の言うとおりだよ」

自分でもようやくわかったんだ。

「やっぱり、私ね……りっくんが、好き……」

震える声で口にした瞬間、ものすごくドキドキしたけれど、なんだか少しスッキリした。

「柚月……」

「こんなの、勝手すぎるってわかってる。でも、りっくんと一緒にいられないの、すごく辛くて。今さら振ったことを後悔してるの。バカだよね……」

こぼれてくる涙を手で拭いながら、琴子の胸に顔を寄せる。

「琴子、どうしよう……っ」

そのまま顔をうずめるように泣きついたら、琴子は私の体をぎゅっと優しく抱きしめてくれた。

「……そっか。やっぱりね。よく言った」

「えっ？」

「やっと気付いたね。柚月も」

その言葉はまるで、私が素直に気持ちを認めるのをずっと待っていてくれたかのようだった。

「でもさ、本当は、もっと前から好きになってたんじゃないの？　柚月は素直なだけに、にぶいところがあるから、自分の気持ちになかなか気付かなかっただけでさ」

「そ、そうかな……？」

言われてみれば、そうなのかもしれないとも思う。

自分で気が付く前から、この気持ちは、とっくに恋だったのかも。

それに、私はどこかでりっくんのことを好きだって気持ちを認めるのが、怖かったのかもしれない。

「そうだよ。でも、こうなったらちゃんと彼に伝えなきゃね。今度は柚月から」

琴子が腕を離し、再び私の顔をじっと見つめる。

「……うん。でも私、今さらどんな顔して言えば……」

「大丈夫。まだ間に合うから。梨月くん、きっと待ってるよ」

「琴子……」

「後悔しないようにって、言ったでしょ？」

琴子にポンと肩を叩かれ、ハッとする。

彼女の言葉が、臆病な私の背中を押してくれる。

「うん、ありがとう。そうだよね」

私ははっきり笑顔でうなずくと、胸の中で自分も決意した。

やっぱりりっくんに、自分の気持ちをちゃんと伝えよう。

今さらでもいい。遅くてもいいから。

後悔だけはしないように……。

＊幸せになってもいいんだ

琴子に自分の気持ちを話した次の日のこと。

土曜日で学校が休みだったので、私は自分の家の最寄り駅よりも栄《さか》えている学校の最寄り駅まで行き、そこの駅ビルで買い物をしていた。

明日が中二の弟、聡《さとし》の誕生日なので、なにかプレゼントでも買ってあげようかと思って。

ちょうどお母さんは昼間仕事だし、聡は塾の講習があるみたいだし、お父さんは出張《しゅっちょう》で不在だし、家でひとりで過ごすのも退屈で落ち着かなかったから。

なんだか休みの日もずっとそわそわしてる。

今度は自分からりっくんに告白するんだって決めたのに、いざとなるとものすごく緊張してしまって。

どんなふうに呼び出そうとか、伝えようとか考えていたら、昨日もあまり眠れなかった。

自分は意外と臆病者なんだなと、今さら思う。

りっくんとはしばらく話してないから、スマホでメッセージを送ったりするのも気軽にできないし、急に呼び出したりしたらどんな顔されるんだろうとか、いろいろ考えてしまう。

りっくんが今現在私のことをどう思っているのかどうかもわからないし……。

告白って、そういえばものすごく勇気がいることなんだよなぁって、今さらのように思い出した。

きっとりっくんだって、あのクリスマスイブの日、かなり勇気を振りしぼって告白してくれたんだろうな。

そう思うと、なんだか申しわけない。

私がもう少し早く自分の気持ちに気付いていたら、こんなふうにはならなかったはずなのにね。

駅ビルの中をブラブラしながら、男物の服屋を何軒か回る。

服や帽子なんかをいろいろ見ていたらつい、この服りっくんに似合いそうだなとか考えてしまっている自分がいて。弟のプレゼントを選びにきたはずなのに、なにしてるんだろうなんて思った。

結局、気付いたらりっくんのことばかり考えてるんだ。

あれこれ見て悩んだ末、聡にはTシャツを一枚買って帰ることに。

最近ファッションに目覚めたのか着る服にうるさくなった弟だけど、気に入ってくれるといいな。

その後は歩き疲れたのでひとりでカフェでお茶して、それから本屋を少しブラブラしてからビルの外に出た。

駅周辺のこの辺りも少し前まではクリスマスの装飾でいっぱいだったのに、今やバレンタイン一色だ。

それを見て、そろそろバレンタインなのかーなんて思いながら、自分は二週間後の今年のバレンタインをどう過ごしてるんだろうなんて想像してしまった。

去年はりっくんに手作りの義理《ぎり》チョコをあげたけど、今年はちゃんと本命《ほんめい》チョコをあげられるのかな。

それまでにはちゃんと告白したいな……。

それに昨日、あの亜美ちゃんもりっくんに告白するって宣言していたのを聞いたばかりなんだった。

そう思うと気持ちが焦る。こんなふうに臆病になってる場合じゃないかも。

琴子にも言われたけど、あれこれ悩んでいるうちに、亜美ちゃんに先を越されてしまうかもしれないんだよね。

ボーッと考えごとをしながら歩く。

すると、その時急に前方から歩いてきた女の人に声をかけられた。

「……あれ？　ゆずちゃん？　ゆずちゃんじゃない⁉」

どこかで聞いたことのあるその声にハッとして顔を上げると、そこに立っていたのはなんと……。

「え……っ。由梨子《ゆりこ》さん⁉」

そう。その人はまさかの、涼ちゃんのお姉さん、由梨子さんだった。

久しぶりに会ったので一瞬誰だかわからなかった。

なんだかますます大人っぽくなって、綺麗になって……。

涼ちゃんと付き合っていた当時、彼女は確か高二だったから、今はもう大学生かな？

「やっぱりー！　ゆずちゃんだよね！　久しぶり～！」

「お久しぶりです！　ビックリした！　すごい偶然！」

「ほんとだね～、何年ぶり？　なんかますます可愛くなってるし、どこかのモデルさんかと思ったよ～」

「いやいやっ、由梨子さんのほうこそすごく大人っぽくなってて、一瞬誰かわからなかったです。もう大学生ですか？」

「うん、そうだよ。今ね、大学二年生なの。ゆずちゃんは高二でしょ？」

「はい」

相変わらずフレンドリーで優しい由梨子さん。

急に懐かしい気持ちが込み上げてくる。

「元気にしてる？」

「はい。由梨子さんも元気ですか？」

「えー、私は超元気だよ。見てのとおり。ゆずちゃんも元気そうでなにより。ところでねぇ、新しい彼氏はできた⁉」

「えっ」

突然の質問にドキッと心臓が跳ねる。

まさか、由梨子さんにそんなことをここで聞かれるとは思わなかった。

「あ、遠慮しなくていいんだよ。ゆずちゃん中学のころからモテモテだったし、高校なんてカッコいい人いっぱいいるでしょ？」

「あ、いえ。それがまだ、いなくて……」

「えーっ、ウソ！　そうなの⁉　やだ、ビックリ！」

予想外のリアクションをされて驚く。

「……はい。実は私、まだ、その後彼氏ができたことないんです」

正直に話したら、由梨子さんは急に心配そうに顔を曇らせた。

「そっか……。そうだったんだ。あの、こんなこと聞いたらあれなんだけどさ、もしかしてゆずちゃんそれ、涼介に遠慮してる？」

「えっ？」

遠慮……？

突然涼ちゃんの名前が出てきて、戸惑う私。

「どこかで自分が新しい恋をしちゃいけないとか、ほかの人と幸せになっちゃいけないんじゃないかみたいなこと思ってたりしない？」

「え……」

由梨子さんの口から発せられた言葉はかなり衝撃的で、どこか思い当たる節があった。

おそらく私は、ずっとどこかでそう思っていた。

涼ちゃん以外の人を新たに好きになるなんてできないとずっと思ってたし、あれ以来自分が新しい恋愛をすることに対して抵抗があった。

「いや、なんかね、ゆずちゃん今でも涼介の命日にはお花を持ってお墓参《はかまい》りに来てくれてるってお母さんから聞いてたし、私もすごくうれしかったんだけど、その反面ちょっと心配だったの。ゆずちゃんがいつまでもずっと事故のことを引きずってたりしないかなって」

「そ、それは……」

「でもね、ゆずちゃんはゆずちゃんで、これからたくさん新しい恋をして、楽しいことして、幸せになっていいんだよ。涼介のことを忘れないでいてくれるのはありがたいけど、ゆずちゃんがもし今でも過去のことをすごく気にしてるのなら、私一回話したいなって思ってたの」

「由梨子さん……」

ビックリした。由梨子さんがまさか、そこまで私のことを心配してくれてただなんて。

私が目を見開くと、由梨子さんは少し昔を思い出したように切ない表情を浮かべる。

「私も涼介のことがあってしばらくはご飯もろくに食べられなくて、毎日が辛くてたまらなかった。すぐには受け入れることなんてできなかったし、今でもやっぱり全部は受け入れられてないところがあるし……」

そう語る彼女の気持ちがわかりすぎて、泣きそうになる。

私もここまで立ち直るのにはずいぶん時間がかかった。

実の姉である由梨子さんなんか、もっとずっと辛かったんじゃないかな。

由梨子さんはそこでひと呼吸置くと、笑顔で私の目をじっと見つめ、こう言った。

「でもね、うちの家族は今、毎日笑って過ごしてるよ」

「え……っ」

「いつまでも悲しんで立ち止まってたらさ、涼介に怒られちゃうから。涼介はきっとそんなこと望んでないよねって、みんなで話したんだ。だから、笑顔でいようって。私たちが幸せになることが、涼介にとっても幸せなんだって思うから」

その言葉を聞いて、思わず目に涙があふれてくる。

幸せになることが、涼ちゃんにとっても幸せ……。

たしかに、そのとおりかもしれないなと思った。

「だからゆずちゃんも、遠慮なんかしちゃダメ。ちゃんと新しい恋愛して幸せになりなよ」

由梨子さんの手のひらが、私の頭にポンと乗る。

「涼介はゆずちゃんのこと、大好きだったよ。だから、今でもきっと、天国でゆずちゃんの幸せを願ってるから。ねっ？」

「……っ」

そんなふうに言われたらもう、泣くしかなかった。

「あ、ありがとうございます……っ」

その場でこらえきれず涙を流す私の頭を、由梨子さんが優しく撫でてくれる。

「いいんだよ」

そして、落ち着くまでそばにいてくれて、私が泣きやんだあと彼女は、「次会う時は彼氏を紹介してね」なんて言いながら笑顔で去っていった。

悲しみを乗り越え、前を向いて進もうとしている彼女はなんだかとてもキラキラして見えて。私もそう在《あ》らなくちゃと強く思う。

同時に胸の奥につかえていたなにかが取れたような気がして、なんだかとても心が軽くなったような、不思議な気持ちだった。

私、幸せになってもいいんだ。いや、幸せにならなくちゃいけないんだって。

誰かが言っていたように、いつまでも悲劇のヒロイン気分でいたのは私だった。

涼ちゃんの家族はもう、前を向いて歩き出してるんだ。

そういえば、りっくんにも以前同じようなことを言われたんだっけ……。

『お前の幸せ、願ってると思うよ』

思い出したらまた泣きそうになってしまった。

私もいいかげん、前を向かなくちゃね。

今度は未来に向かって、自分の幸せのために、一歩踏み出そう。

私、新しい恋をするんだ。今度こそ。

もう恐れない。逃げない。やっと、自分の本当の気持ちに気が付いたから。

りっくんにちゃんと想いを伝えよう。

きっと、今なら言えるような気がする――。

スマホの通話ボタンをタップし、耳に当てる。

スピーカーの向こうから、呼び出しの音楽が鳴り響く。

先ほどの由梨子さんとの会話で勇気をもらった私は、さっそく今からりっくんを呼び出してみることにした。

なんだか今ならなんでも言えるような気がして。

だけど、何度呼び出してもりっくんは電話に出ない。

もしかして、バイト中かな？

そう思って、代わりにメッセージを送ってみることにした。

久しぶりだからちょっとドキドキしたけど。

『りっくん今日バイト？　ちょっと話したいことがあるんだけど、これから会う時間あったりする？』

何回も書き直しながら文章を打ち込み、意を決して送信ボタンを押す。

どうか、気付いてくれますように……。

だけど、しばらく待ってもなかなか既読《きどく》にならない。

これはただ、スマホを見ていないのか、それともやっぱりバイト中なのか……。

そういえば、りっくんのバイトしてるカフェってこの辺だったよね？

駅から少し歩いたところだって言ってたし。

どんな店なんだろう。

もしかしたら会えるかもしれないし、ちょっと見にいってみようかな？

なんだかそわそわしてそのまま待っているのも落ち着かなかった私は、そのバイト先のカフェまで行ってみることにした。

駅ビルからまっすぐ左方向へと歩いていき、それから交差点《こうさてん》の横断歩道を渡って、さらに少し歩く。

そしたらラーメン屋などの飲食店が立ち並ぶ通りに、オシャレな外観《がいかん》のカフェが一軒見つかった。

『CAFE Lemon』って書いてあるけど、たぶんここだよね？

すごくいい雰囲気の素敵なカフェだなぁ。りっくんや玲二くんはこんなところでバイトしてたんだ。

中もどんな感じなのか気になる。でも、さすがに客として入る勇気はないな。

そもそもりっくんが今バイト中なのかもよくわからないし、窓から覗いてみた感じ、彼らしき姿は見えない。

なんとなく来てみたのはいいけど、やっぱりここにはいないのかも……。

そう思って引き返そうとした時だった。

「きゃはははっ」

すぐ後ろから女の子の楽しそうな笑い声がして、ドキッとして振り返る。

すると、店の裏口《うらぐち》らしき場所から男の子と女の子のふたり組が出てきて、並んでこちらに向かって歩いてくるのが見えた。

しかもよく見たらそのふたりはなんと、りっくんと亜美ちゃんで。

ウソ！　どうしようっ……。

急に心臓がバクバクして、冷や汗が出てくる。

私ったらりっくんを探しにいって会えたのはいいけど、まさか亜美ちゃんと一緒にいるだなんて……。

これじゃ、告白なんてとてもできないよ。

そもそもこんなところでなにしてるのって思われるよね。

りっくんと亜美ちゃんは仲良さげに会話しながらこちらへ向かってくる。

私はすぐにでもどこかに隠れたい気持ちだったけれど、そんな場所もないし、その場でどうしようなんてうろたえていたら、すぐにりっくんに気付かれてしまった。

「……あれ？　ゆず？」

久しぶりに呼ばれたその名前。

恐る恐る顔を上げると、りっくんはすごく驚いた表情をしている。

「えっ……どうした？　なにしてんの、ここで」

焦った私はりっくんを探しにきたとは言えず、とっさに適当なことを言ってごまかしてしまった。

「あ、いや……ちょっと買い物してブラブラしてて、たまたま……。りっくんは、バイト？」

「うん。そうだけど……」

そのリアクションからして、おそらく私からの着信やメッセージには気が付いてなさそう。

すると、すぐ横にいた亜美ちゃんが、すかさずりっくんの腕をぎゅっと掴んで。

「ふふふ、そうなの。さっきふたりともバイトが終わったところでね。梨月くんたら優しいから、私のこと心配していつも駅まで送ってくれるの～」

まるで私にアピールでもするかのようにそう告げてきた。

「はっ？」

りっくんはそれを聞いて戸惑ったような声をあげていたけれど。

私はもろにダメージを受けて、返す言葉を失う。

「今日もこれから一緒に帰るところで～」

「おい時田……」

「姫川さんは、梨月くんになにか用でもあったの？」

私がりっくんに会いにきたことを察《さっ》したのか、わざとらしくそんなふうに聞いてくる亜美ちゃん。

「えっ、いや……」

「あれ？　たしかふたりって別れたんだよね？　今はもう付き合ってないよね？　それなのにどうして……」

〝別れたんだよね？〟

亜美ちゃんの口から発せられた言葉で、さらにダメージを受ける私。

みんなからはそう思われているわけだから、仕方ないんだけど。

きっと亜美ちゃんから見たら、私はりっくんの〝元カノ〟だけど。

あまりの気まずさから、なんだかその場にいるのが耐えられなくなってくる。

りっくんに告白しようって決意したばかりだったのに。せっかく会えたところだったのに。

なんだかいけないことをしにきたような気持ちになる。

どうしてこうもタイミングが悪いんだろう。

やっぱりもう、帰ろう……。

「あ、いえ……お邪魔しましたっ！」

いたたまれなくなった私は、勢いよくそう吐き捨てると、逃げるようにその場から走り出してしまった。

「おい、ゆずっ！」

その後ろから引きとめるようなりっくんの大声がする。

でも、もういいや。

そのまま振り返らずに、全速力《ぜんそくりょく》で歩道を駆け抜ける。

さっきまでの晴れ晴れとした気持ちはどこへ行ったんだろうって思うくらいに、自己嫌悪でいっぱいだった。

なにやってるんだろう私。なんで結局逃げてるの。

亜美ちゃんと一緒にいるりっくんを見ただけで、なんでこんなに弱気になっちゃうのかな。

バイトだったんだから仕方ないのに。当たり前なのに。

バイト先までわざわざ行かなければ良かったかな。

そもそも今日告白しようと思ったのが間違いだったのかも……。

やることなすことすべてが裏目に出ている気がして嫌になる。

息を切らしたまま、交差点で信号が青なのを確認して、そのまま走って横断歩道を渡る。

その時、向こう側の道路から車が左折してくるのが見えて。

その車は私が渡ろうとしていることに気付かなかったのか、止まることなくこちらに向かって突っ込んできた。

あれ？　ウソっ……。

一瞬すべてがスローモーションのように見えて、頭が真っ白になる。

やだっ。ぶつかる……！

「ゆずっ!!」

ぎゅっと目をつぶった瞬間、すぐ後ろから大きな声が聞こえて、誰かが私の体を強い力で包み込んだ。

──ドンッ！

そのまま強い衝撃とともに地面にたおれ込み、ころがる私の体。

体の節々《ふしぶし》に痛みが走る。

だけど、たおれ込んだはずなのに、そこまで激しい痛みは襲《おそ》ってこなくて。

すぐにはなにがどうなっているのか、自分でもよくわからなかった。

混乱する頭の中。落ち着きなくドクドクと脈打つ心臓。

あれ？　今私、車にはねられそうになって、それで……。

でも、助かったの？

誰かが私を助けてくれたんだ……。

　恐る恐る目を開けると、自分がまだその人の腕の中にいることに気が付く。

　体に感じるぬくもり。どこか覚えのある匂い。そしてさっき私の名前を呼んだあの声。

　ねぇ、もしかして、今のは……。

「りっくん⁉」

　すぐさまその腕を抜け出し、起き上がって確認したら、そこにあったのは、目をつぶったまま横たわるりっくんの姿だった。

　やだ。やっぱり……。

　ドクンと心臓が跳ねて、一瞬言葉を失う。

　りっくんは、あのまま追いかけてきて、車にはねられそうになった私をとっさにかばって助けてくれたんだ。

　どうしよう……。

　見ると彼は、苦しそうに顔を歪めていて、額や頬の辺りには何か所も擦《す》り傷ができている。

　そんな痛々しい姿を目の当たりにして、だんだんと体が震えてくる。

　ねぇ、まさか、彼は無事だよね？　大丈夫だよね？

「ねぇ、りっくん！　大丈夫⁉」

泣きそうになりながら私が声をかけると、小さくうめき声をあげる彼。

「う……っ。ゆず……」

「りっくん！　りっくん！　しっかりしてっ！」

すると次の瞬間、りっくんが頭を横にかたむけたのを見て、私はハッとして目をうたがった。

視界に飛び込んできたのは、地面にべったりと付いた真っ赤な血液。

え、ウソっ。なにこれ……。

よく見るとその血は、彼の頭から流れ出ているもので。

しかも、かなりの量出血しているように見える。

もしかして、さっきの地面にころがった衝撃で、頭を……。

「やだ……りっくん……」

一気に背筋が凍って、自分の顔が青ざめていくのがわかった。

どうしよう。りっくんが、大ケガしてる。

私のせいで、こんな……。

私をかばったせいで、事故に……。

どうしよう。どうしよう！

「いやあぁ～っ！　誰かっ……！」

目の前の状況と重なるかのように、急に昔の記憶がフラッシュバックしてきて、頭の中がパニック状態になる。

体がありえないくらいにガタガタと震えてくる。

ひどく動悸《どうき》がして、息の仕方もわからなくなりそうで。

ウソだ。こんなのウソ。ウソだって言って……。

りっくんが……死んじゃう?

もしかして私、このまま りっくんまで失ってしまうの?

そんなの、嫌。嫌だよ……っ。

「おい、なんだ。事故か?」

「男の子がたおれてるぞっ!」

ざわざわと人が集まってくる気配がする。

でも、周りの人たちの声は、どこか遠くに聞こえる。

クラクラとめまいがして、視界がぼやけてきて……。

「キャーッ! ちょっと!」

「誰か救急車《きゅうきゅうしゃ》を!」

叫び声と悲鳴が飛び交《か》う中、私はそのまま意識を手放した。

＊俺がずっと、そばにいる。

気が付いたら、私は病院の病室にいた。

いつの間に運ばれてきたんだろう。

あれ？　そういえば、りっくん……。りっくんは、どこ？

キョロキョロと辺りを見回すと、目の前にはベッドがひとつあって、私はふらつきながら慌ててそのベッドに駆け寄る。

覗き込むと、そこには頭と腕を包帯《ほうたい》でぐるぐる巻きにしたりっくんが静かに横たわっていた。

「りっくんっ……！」

彼は息をしているものの、その目はしっかりと閉じられていて。

もしかして、意識がない……？

頭を打って血がたくさん出てたみたいだし、このまま目を覚まさなかったらどうしよう。

怖くなった私は、彼が目を覚ましてくれるよう、何度も必死で呼びかけた。

「りっくん！　りっくん！」

だけど、彼の目は閉じられたまま。

思わず最悪の事態を想像してしまう。

「りっくん！　お願いっ！　目を覚まして!!」

彼の手を握り、泣きながら何度も何度も呼びかける。

だけど、彼はなにも反応しない。

ねぇ、ウソでしょう。

まさか、こんなことになってしまうなんて……。

あの時、私があんなふうに逃げたりしなければ、りっくんは事故にあわないですんだの？

私のことを助けるために。

私のせいで、こんな……。

後悔と自責《じせき》の念で、今にも胸が押しつぶされそうだった。

人形のように目を閉じて眠るりっくんの頬に、そっと手を当てる。

その美しい顔は傷だらけで、頬や額にはガーゼが貼られ、とても痛々しく見える。

りっくん、本当にごめんね……。

お願いだから、目を開けて。

いつもみたいに呆れ顔で笑ってみせてよ。

彼とふざけ合って楽しく過ごしていた日々の記憶がよみがえって、また涙があふれてくる。

いつもそばにいてくれた。

私のことを誰よりもわかってくれた。

過去を思い出して辛かった時も、落ち込んでうまく笑えなかった時も、りっくんの存在に何度も救われた。

りっくんがいてくれたから、私はここまで立ち直ることができた。

あの時はあんなふうに、『友達でいたい』なんて言ってしまったけれど、今思えば彼の告白にOKすればよかった。

もっと早く、彼のことが好きだって気付けば良かった……。

私、まだなにも伝えられてないよ。やっと自分の気持ちに気が付いたのに。

私には、りっくんがいなきゃダメなのに。

どうして……。

どうしてこんなことになってしまったの？

私はまた、一番大事な人を失ってしまうの？

お願い。行かないで。

行かないでよ。

「……ゆ、ず」

その時、ふとかすれた声が小さく聞こえて。

ハッとしてりっくんの顔に目をやったら、彼の目がわずかに開かれていることに気が付いた。

ウソっ……。目を覚ました！

「……りっくん、りっくん⁉　私だよ！　わかる⁉」

思わず歓喜《かんき》の声をあげる私。

りっくんは私の問いかけに、目を細めてフッと力なく笑う。

私は彼の手をしっかりと握ったまま、今度こそ言わなくちゃと思い、話を切り出す。

「りっくん、あのね、聞いて。私ね、りっくんに伝えなきゃいけないことが……」

だけど彼は弱々しく息をしながら、私を悲しそうな目で見つめると、突然こう呟いた。

「ごめんな……」

えっ……。ちょっと待って。どういう意味？

まるで別れを告げるかのような彼の発言に戸惑いながらも、必死で語りかける私。

「り、りっくん！　待って。あのね、私、本当はりっくんのことが……っ」

「ゆずが……無事で良かった……」

私が言い終わらないうちに、今にも消えそうな声でそう言い放ったりっくん。

そして次の瞬間、彼はゆっくり目を閉じると、そのまま再び眠ったように静かになった。
ウ、ソ…………。
「りっくん？　ねぇ、りっくん!!」

嫌だ。行かないで。

お願いだからもう一度目を開けてよ。

ゆずって呼んでよ。

「りっくん！　返事してっ！」

だけど、何度呼びかけても返事はなくて。

彼は眠ってしまったんだろうか。それとも……。

「りっくん!!」

泣きながら、何度も何度も彼の名前を呼ぶ。

だけど、その体はピクリともしない。

そして、気が付いたらいつの間にか、彼の呼吸は止まっていた。

「そ、んな……」

絶望の淵《ふち》に突き落とされる私。

ウソでしょ……。こんなの、信じられない。

どうしてこんなことに。

神様はどこまでイジワルなの。

私は何度、大切な人を失えばいいの。

ねぇ……。

りっくんの手をぎゅっと握りしめると、なぜだかその手がどんどん温度を失って、冷たくなっていく。

「え、ウソ。なんで……っ」

それは、いつかの涼ちゃんの手を握ったあの日と重なった。

「い、いやあぁぁ～っ!!」

嫌だ。りっくん。

お願いだから。

神様どうか、りっくんを連れていかないで。

私、まだなにも伝えられてないの。

お願い――。

そう願ったとたん、急に視界が真っ暗になり、自分の姿もなにも見えなくなる。

あぁ……。

「……ゆず」

すると、その瞬間どこからか、聞き覚えのある愛しい人の声が再び聞こえてきた。

ん？　あれ……？

「おい、ゆず」

この声は……りっくん？

ウソでしょ。どうして彼の声が。

だって今、りっくんはたしかに……。

なんか変だよ。

ちょっと待って。これは一体……。

なぜかさっきまでとは違って、やけに体が温かく、頭がぼんやりすることを不思議に思いながらも、恐る恐る目を開ける。

すると、その瞬間、視界に映ったのはまさかの……先ほど目の前で息絶えたはずの彼だった。

頭と片腕を包帯でぐるぐる巻きにして、顔にもガーゼを貼って。

その姿は、さっき目にしたのと同様に痛々しいけれど……なんだか大丈夫そう？

あれ？　なんで？

しかも、まっすぐこちらを見つめる彼は、普通に意識があるみたいだし。寝てるどころか、椅子に座ってるみたい。

「良かった。目覚ました」

安心したように声をかけられ、ポカンとする私。

「えっ？」

わけがわからずキョロキョロ辺りを見回すと、どうやらここは病院の個室みたいで。

しかも、自分はベッドに横たわっているらしい。

先ほどとはまるで逆の状況に、頭が混乱しそうになった。

ちょっと待って。なにがどうなってるんだろう。

じゃあ、さっきのは……。

「大丈夫か？」

「え……う、うん」

私が答えると、りっくんは再びホッとした顔で笑う。

「ふぅ、良かった。先生はショックで気を失っただけって言ってたけど、なかなか目覚まさねぇから心配した。しかもなんか、すげぇうなされてたみたいだし」

「え、ウソっ」

そう言われて、自分は夢を見ていたのかなと思う。

それじゃ、さっきのは全部夢？　それで、こっちが現実ってこと？

「あ、ゆずの親もさっきまでここにいたけど、弟の塾の迎えがあるとかで一回出てったよ。またすぐに戻ってくるって」

「あ、うん……」

だけど、私は今起こっていることを、すぐには信じられなかった。

りっくんの顔を、体を、まじまじと見つめる。

彼はどう見たって生きている。つまり、無事だったんだよね……？

これって現実だよね？　まさか、夢なんかじゃないよね？

先ほど見た夢があまりにもリアルすぎて、どっちが現実なのかわからない。

思わずむくっとベッドから起き上がり、自分の頬を片手でぎゅっと強くつねる。

「痛っ！」

そしたら、たしかな痛みをそこに感じて、その痛さに心臓が震えた。

「おいっ、どうした急に」

あぁ、ちゃんと痛い。

ということは、やっぱり、夢じゃない。

「痛い……。痛いよ～っ」

うれしくてうれしくて、目にどんどん涙があふれてくる。

「なにやってんだよ。当たり前だろ」

りっくんが呆れたように笑ってる。

「良かった……。夢じゃない」

「え？」

「夢じゃない。りっくんが、生きてる！」

「はぁ？」

なに言ってんだとでも言いたげな顔をするりっくんの体に、両手を伸ばしてぎゅっと抱きついた。

「良かったぁ……。りっくんが無事で、本当に良かった」

さっきはもうダメかと思っちゃったよ。

「……っ。生きてるに決まってんだろ。大丈夫だよ。ちょっとケガしただけで、なんともねぇよ」

「えぇっ！　ちょっとって……全然ちょっとじゃないでしょ！　頭のケガとか、大丈夫なの⁉」

思わず顔を上げて問いかけたら、りっくんは涼しい顔で答える。

「あぁ。腕はただの捻挫《ねんざ》みたいだし、頭もちょっと出血したけど何針か縫《ぬ》って終わり。

念のためレントゲンとか検査もしてもらったけど、異常なかったし」

「ぬ、縫ったの……？」

それって想像しただけで、だいぶ痛そう。

「うん、ちょっとだけな。でもべつに、命に関わるようなケガはしてねぇから。車もそんなにスピード出てなかったから、軽く当たっただけだし」

「……そ、そうだったんだ。良かった……って、良くないよっ！　頭を縫ったとかじゅうぶん大ケガじゃん！」

りっくんは平気な顔で言うけど、結構な大ケガだと思う。

だって、一歩間違ったら本当に、今ここにいなかったかもしれないんだから。

自分の危険も顧《かえり》みず、私のことを守ってくれたんだね。

「ごめんね。私のせいで……っ」

急に申しわけなくなって、私がまた泣きだしたら、りっくんは片方の手を私の頭の上にポンと乗せた。

「べつに、ゆずのせいじゃねぇだろ。俺が助けたくて助けたんだから」

そんなふうに言ってくれる彼は、まるでヒーローみたいだ。

「ゆずが無事で良かった」

優しく微笑む彼を見て、涙がポロポロとこぼれ落ちてくる。

「りっくん……無茶しすぎ」

やっぱり、りっくんは優しすぎるよ。

どうしてそんなに優しいの。

「うぅっ。死んじゃったらどうしようかと思った……。良かったっ」

目をこすりながら泣きじゃくる私の肩に、りっくんが手をそえる。

「バカ。大丈夫だから。俺は死なねぇよ。絶対いなくなったりなんかしない」

「……っ、ほんと?」

「あぁ。こう見えて俺、しぶといからな。それにこの際だから言っとくけど、ゆずのことだって、あきらめるつもりないし」

「えっ……」

だけど、突然彼の口から放たれた思いがけないセリフで、一瞬、涙が止まった。

う、ウソ。今なんて……。

あきらめるつもりない?

じゃありっくんは、まだ……私のことを?

恐る恐る顔を上げると、りっくんは少し照れくさそうに頬を染め、下を向く。

「振られたくせに未練がましいよな。ごめん。でもべつに、友達でもいいから、やっぱり俺はゆずのそばにいたいって思ったんだよ」

「……っ」

「最初はあきらめようって思って、バイト始めて気を紛らわせたりしてたけど、結局ダメだった。ゆずと離れてみて、距離を置いてみて、気が付いた。あきらめるとかやっぱ無理だなって」

……ウソ。そうだったの？

じゃあ、りっくんが急に冷たくなったような気がしてたのは、私のことをあきらめようとしてたからだったの？

さけてたとか、気持ちが離れていったからっていうわけじゃなかったんだ。

なんだ。良かった……。

りっくんはずっと、私のことを想っていてくれたんだ。

そう思うと、うれしすぎて言葉が出ない。

「だから良かったら、これからも今までどおり、友達としてでいいから、そばにいさせてくんない？」

りっくんが再び顔を上げ、私の目をじっと見つめる。

「俺がお前のこと、勝手に好きでいるだけだから。……それもダメ？」

真っ黒な瞳が切なげにゆらゆらと揺れる。

しかしながら、私はその告白をそのまま受け入れることなんて、できなかった。

だって、そんなの無理。

今までどおりなんて、無理に決まってる。

ぶんぶんと首を横に振る。

「……っ、ダメ。良くない……」

「えっ？」

「私はもう、友達でいたくないよ」

ハッキリとそう告げたら、りっくんは驚いたように目を丸くした。

「なっ……」

「友達なんかじゃ、嫌……っ」

話し始めると同時に、また涙がポロポロとこぼれ落ちてくる。

「だって私、思ったの。血を流してたおれてるりっくんを見た時、このまま目を覚まさなくなっちゃったらどうしようって。そしたら私、生きていけないかもって」

「ゆず……」

「私やっぱり、りっくんがいなきゃダメ。ダメなんだよ……っ」

涙声で語りながら、りっくんの目をしっかりと見据える。

「今さら気が付いたの。私、りっくんが好き……。いつの間にか、どうしようもないくらいに好きになってたの」

「……っ」

あぁ、やっと言えた。

「本当はね、クリスマスイブに告白された時、すごくうれしかった。すごく迷ったの。りっくんのこと好きになりかけてたから」

私が打ち明けると、りっくんはまたしても目を丸くする。

「え、ウソだろ……」

「でも私、涼ちゃんのことも引きずったままだったし、やっぱり恋愛するのが怖くて。りっくんと付き合って、りっくんがもしある日私の前からいなくなったらって、また失ってしまったらどうしようって、どうしてもそんなふうに考えちゃって……勇気が出なかった」

新しい恋をすることに、ずっと臆病になってたんだ。

「でも、あとになってすごく後悔してる自分がいて。自分で告白を断ったくせに、りっくんがいないと寂しくて、一緒にいられないのが辛くて。りっくんがほかの女の子と仲良くしたりするの見て、ヤキモチ妬いたりしてた」

「……マジ、かよ」

「ほんとだよ。私、いつの間にかりっくんに恋してたみたい」

片手で涙を拭いながら、はにかんだように笑ってみせる。

「気付くのが遅すぎて、ごめんね」

そしたら次の瞬間、りっくんが片腕を伸ばし、私を力いっぱいぎゅっと抱きしめてきた。

「……っ、バカ。ほんとマジ、なんだよお前……」

耳もとで聞こえる彼の声が震えている。

「不意打《ふいう》ちすぎて、リアクションの仕方わかんねぇんだけど」

「うん。ごめん……」

「うれしくて俺、どうにかなりそう。夢じゃねぇよな？」

「……うん。夢じゃないよ」

だって、こんなにあったかいんだもん。

りっくんの腕の中は、こんなにも。

「りっくんが無事で良かった。ほんとに……。ちゃんと好きって言えて良かった」

私がしみじみとそう呟くと、りっくんがゆっくりと腕を離し、顔を上げる。

そして、私の顔を覗き込むようにじっと見下ろしながら言った。

「大丈夫。俺はいなくならねぇよ。絶対にゆずをひとりになんかしないから」

「りっくん……」

「俺がずっと、そばにいる。これからもずっと、お前のそばにいるから」

りっくんの温かい手が、私の頬にそっと触れる。

「だから、今度こそ、俺の本物の彼女になって」

その言葉を聞いた瞬間、また目からひと筋の涙がこぼれ落ちた。

……うれしい。やっと、りっくんと気持ちが通じ合った。

今度こそ私たち、本当の恋人になれるんだね。

「うんっ」

私がハッキリとうなずいたら、りっくんはそのままゆっくりと顔を近づけ、優しく唇を重ねてくる。

そして、唇が離れるとまた、片腕でそっと抱きしめてきた。

「……好きだよ。ゆず」

耳もとでささやく彼の声を聞いて、胸がいっぱいになる。

「うん。私も好き。大好き……っ」

りっくんの背中に手を回し、しっかりと彼に抱きつく。

もう絶対に離れたくない。離したくないって、強くそう思った。

私も、りっくんのそばにいるよ。

これからも、ずっと……。

その後、一時退室《たいしつ》していたりっくんの母親と、塾帰りの聡を連れたうちのお母さんが病室に戻って来て、みんなでとりあえず無事だったことを喜び合いながら病院を出た。

お母さんは傷だらけのりっくんに何度も『ありがとう』とお礼を言っていて、私を守ってケガをした彼に対して、すごく申しわけなさそうにしてた。

りっくんは、自分の母親に私のことを聞かれて、てっきりクラスメイトだとでも紹介するのかと思ったら、さっそく堂々と『彼女』だって答えていて。

うちのお母さんにもきちんと挨拶してくれたから、お母さんも聡も『いつの間に彼氏できたの？』なんてビックリしていたけれど、照れくさい反面、すごくうれしかった。

りっくんのお母さんもすごくしっかりした感じのいい人で、初対面だったにもかかわらず、『今度またうちに遊びにきてね』なんて言ってくれて。

大変な出来事のあとだったにもかかわらず、なんだかとても幸せな気持ちのまま家に着いた。

＊

その夜、自分のベッドの上で寝ころがっていたら、さっそくりっくんから電話がかかってきた。

寝る前になんとなくかけてみたらしい。

「なんかこういうの恋人っぽいね」って私が言ったら、『だってもう恋人じゃん』って返されて、そのとおりだけど無性《むしょう》に照れてしまった。

なんだかまだ夢みたいで、実感が湧かない。

私もう、りっくんの彼女なんだ……。

『そういえば、なんであの時逃げたの？』

会話の途中、りっくんがふと、思い出したように尋ねてくる。

今日私がりっくんのバイト先まで行った時のこと。

亜美ちゃんと一緒にいたりっくんを見て、思わず私が逃げてしまったから。

「そ、それは……りっくんに告白しようと思って、バイト先を訪ねてみたら、亜美ちゃんと一緒にいたから。なんかタイミング悪いなって思って、それで……」

『えっ、告白⁉　マジで？　ゆずが？』

「うん、そうだよ。ほんとはあの時言おうと思ってて」

『……。だから着信あったの？』

「うん。でも、りっくんは亜美ちゃんと一緒に帰るみたいだったから、やっぱりやめようと思ったっていうか……」

私がボソボソと小さな声で語ると、りっくんは少し黙って、それから急にクスッと笑う。

『なんだよそれ。もしかして、妬いてたの？』

「……っ」

図星をつかれたので、一瞬言葉に詰まってしまった。

あぁ、ダメだ私。バレバレじゃん、もう。

でも、今さら隠す必要はないよね。

「う、うん……。だってりっくん、亜美ちゃんと結構仲良くしてたじゃん。最近毎日教室で一緒にしゃべってたし、本の貸し借りとかもしてたし……」

『あぁ、あれ？　あれはなんか時田が勝手に俺に話しかけにきてただけで、べつに仲良くってほどでもねぇよ。俺、アイツのことは最初からなんとも思ってないし』

そう言われて少しホッとする。

「ほ、ほんと……？」

『当たり前だろ。むしろ、ちょっとめんどくせぇと思ってたし。時田の奴、最初のころはそうでもなかったけど、最近すげぇ馴れ馴れしくてさ。でも俺のほうが後からバイト先に入ったから、俺よりアイツのほうが先輩だし、仕事教わったりもしてたから関わらないっつーわけにもいかなくて』

「えっ。そうだったの？」

『そうだよ。だからべつに気にすることねぇから。たぶん、これからバイトも今までよりはシフト減らすし。時田にもちゃんと彼女できたって言うし……って、あれ？違うな。より戻したって言うのか』

「う、うん。そっか。わかった」

『言っとくけど、俺は最初からゆず以外興味ねぇよ』

ハッキリとそう言われて、照れると同時に安心する私。

「……ありがとう」

なんだか今までのモヤモヤが一気に吹き飛んだような気がした。

『でもまさか、ゆずが俺のことでヤキモチ妬く日が来るなんてな』

スピーカーの向こうで、りっくんが少しうれしそうに呟く。

『お前、全然俺の気持ちに気付いてなかったくせに。にぶすぎてマジどうしようかと思ったわ』

「なっ」

にぶすぎて……それ、琴子にも言われた気がする。

たしかにりっくんに告白されるまで、全然気づかなかったんだ私。

「ご、ごめんね」

『まぁ、べつにいいけどな。やっと本物の彼氏になれたし。でも俺、一応傷が良くなるまで数日間は安静《あんせい》にしろって言われてて。何日か学校休むしかねぇけど、お前、俺のこと忘れたりすんなよ』

そう言われて、あらめてケガのことを思い出す。

そうだ。りっくんは今日頭を何針か縫ったばっかりで、腕も捻挫してて、今だって本当はすごく痛いはずなんだ。

病院の先生とりっくんのお母さんは、『この程度ですんで良かった』なんて言ってたけど、じゅうぶん大ケガしてるんだよね。

さっそく学校で会えないのは残念だけど、仕方ない。

「わ、忘れるわけないよっ！　ちゃんと毎日放課後お見舞《みま》い行くよ！」

『……えっ。マジで。来てくれんの？』

「うん。だって、私のせいでケガさせちゃったわけだし。それに、りっくんに会えないの寂しいし……。なにより私が会いたいから」

そう告げたら、りっくんは急に言葉に詰まったように、数秒黙り込んで。

それから少し恥ずかしそうに小声で呟いた。

『……お前、電話であんま可愛いこと言うなよ』

「えっ」

可愛い？

『俺のほうが今すぐ会いたくなんだろ』

「……っ」

思わぬ発言にドキッとして、頬が熱くなる私。

なんだかものすごく照れてしまう。

そんなこと言われたら、私だって今すぐ会いたくなっちゃうよ。

『……まあいいや。それじゃまた来週、待ってるから』

「う、うんっ。ちゃんと月曜日お見舞い行くからね！　お大事に」

『あぁ、おやすみ』

「おやすみ、りっくん」

少し名残惜《なごりお》しい気持ちになりながらも、おやすみを言う私。

『……あ、ゆず』

そこで通話を切ろうとした瞬間、りっくんがふいに呼び止めてきて。

「ん？　なに？」

『………』

なにか言い忘れたことがあるのかなと思ったら、すぐにはなにも口にしない彼。

なんだろう？

戸惑いながらも問いかけてみる。

「りっくん？　どうしたの？」

すると次の瞬間、スピーカーの向こうからボソッと小さな声でひと言。

『……好きだよ』

「えっ」

言い終えた瞬間りっくんは、こちらの反応も聞かずに、即電話を切ってしまった。

スマホを耳に当てたまま、しばらく呆然とする私。

なに今の……。言い逃げみたいな。

不意打ちすぎてビックリしたよ。まさか、りっくんが電話であんなこと言うなんて。

心臓がすごくドキドキいってる。

どうしたのかな。なんかりっくん、本当に付き合うことになったとたん急に素直になった？

でも、照れ屋な彼のことだから今ごろ、絶対顔を真っ赤にしてるんだろうなぁ。

そう思ったら愛しくてたまらなかった。

「ふふふ」

ベッドに再びゴロンと寝ころがり、胸に手を当てる。

幸せだなぁ……。

私、りっくんと本当に恋人になったんだ。
もう私たち、仮の恋人同士なんかじゃないんだ。
なんだか少しだけ実感が湧いてきたような気がする。
二度と恋なんてしないと思っていた私が、大切だと思える人に再び出会えたこと。
こうして気持ちが通じ合えたこと。
心から幸せだなって思える。
りっくんとならきっと、大丈夫。
これからもこの想いを、この恋を、大切に育てていこう。
幸せな未来を自分で描《えが》いてみせるって、心に決めたから。
さぁ、私の新しい恋が、始まる。

《俺がずっと、そばにいる。 f·i·n·》

書き下ろし番外編

『これからもずっと、君のそばで』

十月の晴れた秋空の下、家族連れやカップルでにぎわう午後の遊園地。

私は付き合ってもうすぐ九カ月になる彼氏のりっくんと、久しぶりのお出かけデートを楽しんでいた。

高校三年生、いわゆる受験生と呼ばれる学年になって、受験勉強もいよいよ本格化してきたかなという今日このごろ。

毎日勉強ばかりでも息が詰まるので、息抜きにたまにはどこかへ遊びにいこうということで、りっくんが、近くの夢見ケ丘駅にあるこの大きな遊園地に連れてきてくれたんだ。

「楽しかった～！　スリル満点だったね！」

大型ジェットコースターを乗り終えて、満面の笑みを浮かべながらりっくんに声をかける私。

絶叫《ぜっきょう》マシンは大好きなので、何回乗ってもウキウキしてしまう。

「ゆず、ほんとにジェットコースター好きだよな」

私の手を握りながら、りっくんが呆れたように笑う。

「うん、大好きっ」

「これで乗りたかったやつ全部乗れた？」

「うん、乗れた！　ありがとね、りっくん」

「はは……どういたしまして。ゆずといると俺、いろんな意味で心臓に悪いわ」

「……え？　あははっ。ごめんごめん」

実は今日ここに来てから絶叫マシンに乗ったのはこれで五個目で、おそらく今乗ったので、この遊園地にある絶叫系の乗り物は全部制覇《せいは》したと思う。

りっくんには「最初から攻めすぎ」なんて言われてしまったけれど、それでも私が乗りたいからと付き合ってくれる彼は、相変わらずとても優しい。

スリル満点続きで、さすがにちょっと疲れちゃったみたいだけど。

「まぁいいけどな、ゆずが楽しそうなら。いろいろ乗ったし、そろそろちょっと休む？」

「うん、そうだね」

「なんか腹も減ったし」

りっくんがそう口にしたのを聞いて、パッと目を輝かせる私。

「えっ、私も！　じゃあ、なにか食べにいこうよ！」

そうだ。乗り物に夢中ですっかり忘れてたけど、実は私、まだここに来てからなにも食べてないんだ。いつも食べることばっかり考えてるのに。

「私、さっきおいしそうなクレープと、ホットドッグ売ってるところ見つけたよ。あとね、チュロスもおいしそうだった！」

私がうれしそうに語ると、りっくんがまた呆れたようにクスッと笑う。

「さすが、食い物の話になると一段と元気になるな」

「へへ、うん。まぁね」

「じゃあとりあえず、クレープでも食べるか」

「うんっ」

そして、りっくんの提案でクレープを食べようということになって、遊園地内にあるクレープ屋のワゴンがあるところまでふたりで向かった。

手を繋ぎながら並んで歩いていく。

いつだって、彼の温かい手を握っていると、安心する。

りっくんとはもう付き合って九カ月ほど経つけれど、相変わらず仲良しで。たまにくだらないことで喧嘩したりもするけれど、とっても順調だと思う。

両想いになってから、りっくんはますます優しくなって、言動がとても素直になったし、私のことをすごく大事にしてくれてるのがいつも伝わってくるから。

チラッと自分の左手に目をやると、きらりと光るピンクゴールドの指輪が目に入る。

この指輪は付き合って三カ月記念の日に、『ずっと一緒にいよう』って、りっくんがプレゼントしてくれたもの。

それ以来、毎日のようにずっとつけているし、宝物なんだ。

私も付き合ってから、りっくんのことがますます大好きになったし、最近では幸せすぎて怖いなんて思ってしまうくらいで。

いつまでもこの幸せが続いてほしいと思う反面、先のことを考えると時々不安になったりする。

このまま、それぞれの環境が変わったりしても、ずっと一緒にいられるかなぁ、なんて。

卒業してもずっと、私たちは、変わらないでいられるかな……。

ワゴンでクレープを買ったあとは、近くにあったベンチに座ってふたりで一緒に食べた。

りっくんが選んだのはチョコバナナ味のクレープで、私はイチゴ味のクレープ。

焼きたての生地《きじ》の中にはイチゴとクリームがたっぷり入っていて、とってもいい香りがする。

お腹がペコペコだった私は、さっそくそのクレープにかぶりついた。

「いただきまーすっ」

ひと口かじると、その瞬間、口の中に広がる甘酸《あまず》っぱいイチゴと生クリームの味。

「わぁ、おいしい〜！」

目をキラキラと輝かせながらクレープを頬張る私を見て、りっくんが優しく微笑む。

「すっげー幸せそうな顔」

「ふふふ。うん、幸せ」

お腹がすいている時に食べる甘いものは、本当にたまらなくおいしい。体も心も一気に満たされる感じがする。

「ゆずは、食べてる時が一番幸せそうだよな」

ふと、りっくんが何気なくそんなことを口にして。それを聞いて、少しだけ考える私。

一番幸せ……かぁ。それを言うなら。

「そうかな。たしかに私、食べてる時はとっても幸せだけど……一番ではないかも」

「え、そうなの？」

「うん。だって、一番はやっぱり、りっくんと一緒にいる時だから」

はにかんだように笑いながらそう告げたら、りっくんは一瞬目を見開いたかと思うと、顔を真っ赤に染める。

「……っ」

そして、照れたように目を伏せながらボソッと呟いた。

「お前って、ほんと……不意打ちですげぇ可愛いこと言うよな」

私が膝の上に乗せていた手に、りっくんが自分の片手を重ね、そっと握ってくる。

「そんなこと言うなら俺、いくらでも一緒にいるけど」

「えっ？」

「ゆずが飽《あ》きるくらいに」

少し恥ずかしそうな顔でそんなふうに言われると、思わず顔がニヤけてしまいそうになる。

なにそれ。飽きるくらいだなんて……うれしいなぁ。

「ほんとに？　うれしい」

りっくんの手をぎゅっと握り返し、彼の顔をじっと覗き込む。

「でも私、どれだけ毎日一緒にいても、りっくんに飽きたりなんてしないよ。絶対」

「……。ほんとかよ」

「うん、本当」

「とか言って、そのうち飽きたとか言うなよ」

「言わないよ～！　言うわけないじゃん！」

「でもまぁ、そうなっても俺は、ゆずのこと絶対離すつもりないけどな」

「えっ……」

サラッと彼が口にしたその言葉の意味を考えて、一瞬固まる。

ねぇ、それって……。そのまま真に受けてもいいのかな？

この先なにがあっても、私たちずっと一緒にいられるって、信じてもいい？

「うん、離さないでね……。私も離れない」

ピタッとりっくんの肩に頭を寄せ、もたれかかる私。

胸の奥から愛しい気持ちが込み上げてきて、止まらなくなる。

りっくんは照れてしまったのか、それ以上はなにも言わなかったけど、握っていた私の手をさらにぎゅっと強く握り返してくれた。

幸せだなぁ……。

もうこのまま、りっくんから離れたくないよ。

本当に私たち、毎日飽きるくらい一緒にいられたらいいのにな。

クレープを食べ終えて、その後もいくつかアトラクションを回ったあとは、最後にふたりでこの遊園地の目玉でもある大観覧車に乗ることに。

観覧車は行列ができて少し混んでいたけれど、並んでいる人たちのほとんどがカップルだった。

日も暮れかけて、辺りは少し暗くなってきたし、空には綺麗な夕焼けが広がっている。

こんな時間に観覧車に乗ったら、きっとロマンチックだよね。

「はい、次の方どうぞー！」

行列に並び少し順番を待ったあと、ようやく係員の人に案内されて、ゴンドラに乗り込む私たち。

なんとなく最初はふたり向かい合って座ってみたけれど、ドアが閉まるとすぐにりっくんが「おいで」と手招きしてくれたので、喜んでとなりに座った。

「観覧車なんて久しぶりだな」

「うん、久しぶり。それにしても、並んでたのカップルばっかりだったよね」

「そりゃまぁ、ここならふたりきりになれるからな……」

りっくんがそう言ったのを聞いて、ふとイタズラっぽく聞いてみる私。

「りっくんも、私とふたりきりになりたかった？」

そしたら一瞬黙ってから、真顔で素直に答えるりっくん。

「……うん。当たり前じゃん」

その言葉がうれしくて、思わず彼にぎゅっと抱きついてしまった。

「ふふふ。私もだよ」

人目がないのをいいことに、ついつい甘えたくなってしまう。

そんな私に向かって、りっくんが少し困ったように声をかける。

「……おい。お前さ、あんまりくっつかれると俺……」

「ん？」

「いや……。まぁ、べつにいいけどな」

でもなにか言いかけて、結局やめてしまった。

今、なんて言おうとしたのかな？

「それよりゆず、外の景色見なくていいの？」

ふいにトントン、と私の肩を叩くりっくん。

その言葉を聞いて、ハッとして彼から離れる私。

「あ、うん。見る！」

そして、すぐうしろの全面ガラス張りの窓から、外の景色を眺めた。

「わぁ〜っ！　やっぱり夕焼けがキレイ！」

見ると、辺りの空がさっきよりもっと濃いオレンジ色に染まっていて、綺麗なグラデーションができている。

「すごいねー！　ロマンチックだね！」

「たしかに。キレイだな」

「あっ、あそこにさっきのクレープ屋のワゴンも見えたよ！　こうやって見るとこの遊園地けっこう広いんだね～」

両手をガラス窓に張り付けたまま、子どものようにはしゃぐ私を見て、りっくんがクスッと笑う。

「ほんとお前、今日楽しそうだな」

「うん。だって、久しぶりのデートなんだもん。遊園地に来たのだって久しぶりだし」

「そうだな。最近あんまり出かけられてなかったしな」

「まぁ、仕方ないよね。受験生だもんねぇ」

だけど、そう口にすると、とたんに寂しい気持ちになった。

こんなふうにお互い高校生でいられる時間も、もうあと少しなんだなって。

ふたりとも卒業後は大学進学を希望してるから、春からはお互い大学生になる予定だ。

私は自分の学力や、勉強したいことも考えて、地元にあるM大を志望してるんだけど、私よりずっと頭のいいりっくんは、都内にある偏差値の高い有名大学を受ける予定。

　どちらも家から通える距離だけど、同じ大学には行けないから、やっぱりすごく不安になる。

　だってどうしても、今より会える時間が減ってしまうだろうし、お互い新しい出会いだってたくさんあるだろうし……。

　そうなったら、今までと同じようにはきっと、いられないよね。

「りっくんは、K大受けるんだよね？」

「うん」

「すごいなぁ、春からK大生かぁ。かっこいいな」

「いや、受かればの話だけどな」

「えーっ、りっくんなら絶対大丈夫だよ。だって、この前の模試《もし》の判定も良かったんでしょ？」

「うーん、まぁ」

　口では明るく言ってみせたけど、その奥にはやっぱり寂しい気持ちと不安が渦巻《うずま》いていて、思わず窓の外をじっと見つめる。

　見下ろすと、くるくる回るメリーゴーランドが視界に入って。夕方のこの時間、ライトアップされたそれは、なんだかとても幻想的に見えた。

今日のこの夢みたいな楽しい時間も、もうすぐ終わってしまう。

帰りたくないな……。

「やっぱり、大学生になったら、今みたいには会えなくなっちゃうのかな……」

窓の外を見つめたまま、ぽつりと呟く私。

そしたら、りっくんはとなりでしんみりとした声でうなずいた。

「まぁ、そうかもな」

「そっか……」

「でも、会おうと思えばいつでも会えるだろ」

そんなふうにサラッと言ってのけるりっくんは、私よりだいぶ前向きな気がするんだけど。

りっくんは、不安にならないのかな？　それとも私が、先のことに対してネガティブになりやすいだけ？

「大学って、どんなところなのかな。可愛い子とかオシャレな子がいっぱいいるかな」

「え？」

「りっくん大学行ってもすごくモテそうだから、ちょっと心配だな～」

私が冗談ぽく言ってみせると、りっくんはすかさず突っ込んでくる。

「いや、お前だってモテるだろ。俺のほうが心配だっつーの」

「え〜っ、りっくんには負けるよ。あはは……」

そしたらそこで私の元気がないことに気が付いたのか、りっくんが私の頭にポンと手を乗せ、顔をじっと覗き込んできた。

「なんだよ。急にどうした。そんなに大学生になるの、不安?」

聞かれてドキッとする。

でもやっぱり、不安な気持ちはごまかせなくて。

「……う、うん。だって、今はこんなに毎日のようにりっくんと会ってるのに、この先別々の環境になって、会える時間も今より減って、そしたらどうなるのかなって、やっぱり考えちゃう……」

私たちの関係は、ずっと変わらないままでいられるのかなって。

「あ、もちろん、りっくんのこと信用してないとかじゃなくて！　……ただ、今と同じようにはいられないんだろうなって思うと、不安になるっていうか」

思わず下を向き、目を伏せる。

「未来のことは、わからないから……」

そう。この世界に絶対なんて、保証なんてないから。

ある日突然、その幸せが壊れてしまうことだってあるわけで。

そう思うと、時々とても怖くなる。

「りっくんは、不安じゃないの……？」

顔を上げ、恐る恐るたずねる私。

そしたらりっくんは少し考えたように数秒黙って、それから口を開いた。

「不安じゃないって言ったらウソになるけど……。俺は、悪い想像はしないことにしてる」

その言葉に少し驚く。

そうなんだ。やっぱり、こんなに不安になってるのは私だけなのか。

「……そっか。りっくんって、結構ポジティブなんだね。すごいな」

「いや、そうじゃなくて」

りっくんが、私のほうをじっと見る。

「そりゃ、先のことなんて誰にもわかんないし、絶対なんてものはないのかもしれないけど。俺は、未来は現在《いま》の積み重ねだと思ってるから」

「えっ……？」

現在の、積み重ね……。

「今俺が、お前のことすげぇ好きで、幸せだって思ってるんだから、未来ではもっと好きになってるし、もっと幸せになってるんじゃねぇの？」

りっくんがそう言って、私の左手をぎゅっと握る。

「だって俺は、付き合いたてのころよりも、今のほうが、ゆずのこともっと好きになってるし、今のほうが幸せだって自信持って言えるよ」

「りっくん……」

そんなふうに思っていてくれたんだ。

思わず涙が出てきそうになる。

でも考えてみたら、たしかに私だってそうだ。

りっくんのこと、今のほうがたぶん、もっと好きになってる。

ふたりの思い出だってたくさん増えたし、そういう意味ではもっと幸せになってるんじゃないかと思う。

「だからきっと未来では、ゆずのこと、もっともっと幸せにするから」

りっくんが、握っていた私の手をそっと持ち上げる。その薬指には、彼からもらった指輪がキラキラと光っている。

「約束する。信じて」

まるで、プロポーズみたいな彼の言葉に、胸が熱くなった。

さっきまでの不安が急に吹き飛んだような気がして、幸せな気持ちでいっぱいになる。

「ありがとう……っ。私もりっくんのこと、幸せにするね……」

言いながら、涙がぽろぽろとこぼれ落ちてくる。

「泣くなよ」

「だって……っ。りっくんが泣かせたんだよ〜」

「はは、そうだな」

りっくんがクスッと笑って、私の涙をそっと指で拭う。

「そんなに不安だった？」

「うん。実は……」

「そっか。でも、俺たちなら大丈夫だから」

「うん」

そうだよね。大丈夫だよね。

「ゆず」

りっくんが、私の名前を呼ぶ。

見上げると、微笑む彼と目が合って。そのまま彼はゆっくりと顔を近づけると、泣き顔の私に優しく口づけてきた。

……あぁ、大好き。

この人を好きになって良かったなって、心からそう思う。

先のことはわからないけれど、りっくんとなら、未来を信じられるような気がする。

だから、この一瞬一瞬を、大切にして。これからも、ふたりの幸せな時間を積み重ねていこうね。


観覧車を降りると、さらに日が落ちて薄暗くなっていた。

空気が少しひんやりとして肌寒い。

「わぁ、なんかちょっと冷えてきたね」

「うん。意外と寒いな」

気が付けばもうすぐ夜になろうとしていて、楽しい時間は本当にあっという間だなと思う。

「そろそろ帰るか」

りっくんが手を繋ぎながら呟く。

「うん、そうだね」

「ほかに乗りたいのなかった？　大丈夫？」

「うん、大丈夫。すっごく楽しかった！」

私が笑顔でそう返したら、りっくんはうれしそうに笑って答えた。

「俺も」

ふたりで並んで遊園地の出口まで行き、ゲートをくぐる。

少し名残惜しいような気もしたけれど、不思議と寂しくはない。

そのまま少し歩くと、すぐに、最寄り駅である夢見ケ丘駅に着いた。

キョロキョロとあたりを見回しながら歩く私。

駅前にはたくさんの人が歩いていて、その中には私たちと同じ遊園地帰りらしきカップルもチラホラいる。

するとその時、突然ギュルルル……と間抜けな音が聞こえてきて。

私がハッとして自分のお腹を押さえながら立ち止まると、りっくんが「えっ？」と驚いたような声をあげながら、こちらを向いて同じように立ち止まった。

「今の、ゆず？」

少し笑いながらそう言われて、恥ずかしさのあまり小声になる私。

「あ……うん。えへへ。お腹すいちゃって」

「はは。すげぇ音だったな」

そう。今の音、私のお腹が鳴った音なんだ。いつになく大きな音だったから、とっても恥ずかしい。

ほかの人にも聞かれてたりしないかな。

気になって周りを確認すると、すぐ近くに立っていた男の人と偶然目が合って、ドキッとする。

……ヤバい。もしかして今の、聞かれてた?

その人はりっくんよりも背が高く、黒髪だけど耳にはピアスが三つも光っていて、カッコいいけどちょっぴり怖そうな雰囲気。

彼はすぐに私から目をそらしたけれど、一方の私はとっても恥ずかしい気持ちでいっぱいになった。

うぅ、お腹の音に気付いてこっちを見たのだったらどうしよう……。目付きがちょっと怖かったから、「なんだこいつ」って思ったのかもしれない。

だけど次の瞬間、となりにいた女の子に名前を呼ばれると、彼は優しい顔でその子のほうを振り向いた。

「藤《ふじ》先輩」

あら、彼女かな。

パーマをかけたようなくるくるヘアが印象的な、とっても可愛らしい子だ。

彼女が笑いかけると、彼もまた優しく笑う。

うわぁ……。

その様子を見て、さっき彼のことを勝手に怖そうな人だなんて思ってしまった自分のことを、思わず少しだけ反省した。

だって、笑った顔はすごく優しそうなんだもん。

彼女にはこんな優しい顔で笑うんだなぁって。

なんか、見ているこっちまで幸せな気持ちになるなぁ……。

「おい、どうした？　誰か知り合い？」

りっくんに声をかけられて、ハッとして我に返る。

「え？　あ、ううん」

「なんかすごいそっち見てたけど」

「いや、幸せそうなカップルだなぁと思って」

私がそう答えると、りっくんも彼らのほうを見たあと、なにか考えたように一瞬黙り込む。

そして、手を繋いだまま私の耳もとにそっと顔を寄せると、小声でこう言った。

「……俺たちだって負けてないと思うけど」

その言葉にドキッとすると同時に、うれしくなる。

そっか。たしかに、そうだよね。

私たち、誰にも負けないくらい幸せだって、胸張って言えるよ。

「へへへ、うん。私もそう思う」

笑顔でうなずいたら、りっくんも笑う。

「それよりゆず、今、腹が鳴ってたみたいだけど、夕飯なに食べる？」

「あ、そうだった。うーんとね……じゃあ、ラーメン！」

私が思い付きで提案すると、すぐにうなずく彼。

「いいじゃん。俺もラーメン食いたい気分だった。店探してみるか」

「うんっ」

こんなふうに食べたいものまで気が合うところも、さすが私たちだ。

彼と一緒ならどんな時も、なにをしてても、全部楽しいって思えるから。

りっくんと手を繋ぎながら、再び歩き出す。

繋いだ手のぬくもりを感じながら、幸せをかみしめる私。

この手を握っていれば、この先どんなことがあっても大丈夫だって思える。

りっくんがそばにいてくれれば、私は大丈夫。

これからも、いろんなうれしいことや楽しいことを全部、ふたりで共有していけたらいいな。

今日も、明日も、この先も、ずっとずっとりっくんと一緒にいられますように。

この幸せを、どうか、未来に繋いでいけますように——。

＊番外編 fin.＊

夢見ヶ丘駅

あとがき

こんにちは、青山そららです。この度は、数ある書籍の中から『俺がずっと、そばにいる。』を手に取ってくださって、本当にありがとうございます！野いちご文庫からの書籍化は今回で二冊目となるのですが、本当にうれしく思っています。

これもすべて応援してくださる読者様のおかげです。感謝の気持ちでいっぱいです！

今回この作品は、好きな子の傷も受け止めて、理解して、彼女を支えるような男の子が書きたいと思って書き始めました。

私は一途な男の子を書くのがすごく好きなので、柚月を一途に想う梨月の気持ちが少しでも伝わったならうれしいです。

柚月と梨月は、友達以上恋人未満のような関係が長く続きますが、とても書きやすいキャラたちでした。ふたりのやり取りを書くのはすごく楽しかったです。

柚月の過去や気持ちの葛藤《かっとう》の部分はとても悩みながら書いたのですが、最後は幸せな気持ちになってもらえるようなラストにしたつもりです。

読んだ方に、少しでも「泣きキュン」してもらえたらすごくうれしいです。


また、今回はなんと「シュウと透明な街」様とコラボさせていただくことになり、イメージソングとミュージックビデオまで作っていただきました。まさか自分がこのような機会をいただけるとは思わなかったので、本当にうれしくて感激です。すごく素敵な楽曲で、聞くと思わず恋をしたくなるような、ドキドキするような、作品にぴったりの可愛いイメージソングになっています。シュウさんの歌声にも心をぎゅっと掴まれます。

イラストは前作と同じく、花芽宮るる様が描いてくださいました。とても可愛くてふたりのイメージにぴったりで、口絵マンガや挿絵も本当に素敵に仕上げていただいてます。

ぜひ作品と一緒に、曲とイラストも楽しんでもらえたらうれしいです！

最後になりましたが、いつも優しく相談に乗ってくださる担当の長井様、素敵なイメージソングを作って（歌って）くださった「シュウと透明な街」の皆様、可愛いイラストを描いてくださった花芽宮るるさま、デザイナー様、スターツ出版の皆様ほか、この本に携わってくださったすべての方々に深く感謝申し上げます。

そして、読んでくださった皆様、本当にありがとうございました！

これからもがんばりますので、どうぞよろしくお願いいたします。

二〇一八年　一〇月二十五日　青山そらら

この物語はフィクションです。実在の人物、団体等とは一切関係ありません。

青山そらら先生への
ファンレター宛先
〒104-0031　東京都中央区京橋1-3-1　八重洲口大栄ビル7F
スターツ出版（株）　書籍編集部気付　青山そらら先生

俺がずっと、そばにいる。

2018年10月25日　初版第1刷発行
2021年 8 月 25日　　　第5刷発行

著　者　青山そらら

発行人　菊地修一
イラスト　花芽宮るる
デザイン　齋藤知恵子
DTP　久保田祐子
編集　長井泉
編集協力　ミケハラ編集室
発行所　スターツ出版株式会社
〒104-0031
東京都中央区京橋1-3-1 八重洲口大栄ビル7F
出版マーケティンググループ TEL 03-6202-0386
（ご注文等に関するお問い合わせ）
https://starts-pub.jp/

印刷所　共同印刷株式会社
Printed in Japan

ISBN　978-4-8137-0555-0　C0193

恋するキミのそばに。

♥ 野いちご文庫 ♥

手紙の秘密に泣きキュン

だから俺と、付き合ってください。

晴虹《はるな》・著

本体：590円＋税

「好き」っていう、
まっすぐな気持ち。
私、キミの恋心に
憧れてる──。

イラスト：埜生

ISBN：978-4-8137-0244-3

綾乃はサッカー部で学校の有名人・修二先輩と付き合っているけど、そっけなくされて、つらい日々が続いていた。ある日、モテるけど、人懐っこくてどこか憎めない清瀬が書いたラブレターを拾ってしまう。それをきっかけに、恋愛相談しあうようになる。清瀬のまっすぐな想いに、気持ちを揺さぶられる綾乃。好きな人がいる清瀬が気になりはじめるけど──？　ラスト、手紙の秘密に泣きキュン!!

感動の声が、たくさん届いています！

私もこんな恋したい!!って思いました。
／アップルビーンズさん

めっちゃ、清瀬くんイケメン…爽やか太陽やばいっ!!
／ゆうひ！さん

私もあのラブレター貰いたい…なんて思っちゃいました(>_<)♥
／YooNaさん

後半あたりから涙がポロポロと…感動しました！
／波音LOVEさん

恋するキミのそばに。

野いちご文庫

可愛い
カラーマンガ
つき！

365日、君をずっと想うから。

SELEN《セレン》・著

本体：590円＋税

彼が未来から来た切ない
理由って…？
蓮の秘密と一途な想いに、
泣きキュンが止まらない！

イラスト：雨宮うり

ISBN：978-4-8137-0229-0

高2の花は見知らぬチャラいイケメン・蓮に弱みを握られ、言いなりになることを約束されられてしまう。さらに、「俺、未来から来たんだよ」と信じられないことを告げられて!?　意地悪だけど優しい蓮に惹かれていく花。しかし、蓮の命令には悲しい秘密があった──。蓮がタイムリープした理由とは？　ラストは号泣のうるきゅんラブ!!

感動の声が、たくさん届いています！

こんなに泣いた小説は
初めてでした…
たくさんの小説を
読んできましたが
1番心から感動しました
／三日月恵さん

こちらの作品一日で
読破してしまいました（笑）
ラストは号泣しながら読んで
ました。°(´つω·`。)°
切ない……
／田山麻雪深さん

1回読んだら
止まらなくなって
こんな時間に!!
もう涙と鼻水が止まらなく
息ができない(涙)
／サーチャンさん

恋するキミのそばに。

野いちご文庫

大賞受賞作！

「全力片想い」

田《た》崎《さき》くるみ・著

本体：560円＋税

好きな人には
好きな人がいた
……切ない気持ちに
共感の声続出！

「三月のパンタシア×
野いちごノベライズコンテスト」
大賞作品！

高校生の萌は片想い中の幸から、親友の光莉が好きだと相談される。幸が落ち込んでいた時、タオルをくれたのがきっかけだったが、実はそれは萌の仕業だった。言い出せないまま幸と光が近付いていくのを見守るだけの日々。そんな様子を光莉の幼なじみの笹沼に見抜かれるが、彼も萌と同じ状況だと知って…。

イラスト：loundraw　ISBN：978-4-8137-0228-3

感動の声が、たくさん届いています！

こきゅんきゅんしたり
泣いたり、
すごくよかたったです！
／ウヒョンらぶ さん

一途な主人公が
かわいくも切なく、
ぐっと引き込まれました。
／まは。 さん

読み終わったあとの
余韻が心地よかったです。
／みゃの さん

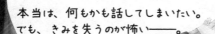